D1731878

# H.G. WELLS

*Edition*

# H. G. WELLS-EDITION

Bisher erschienen in dieser Reihe:

Die Riesen kommen!

Das Kristall-Ei

Menschen, Göttern gleich

Die ersten Menschen auf dem Mond

Die Zeitmaschine
*und*
Von kommenden Tagen

Der Apfel vom Baum der Erkenntnis

Mr. Blettsworthy auf der
Insel Rampole

Tono-Bungay

Der Unsichtbare

Der Traum

Die Perle der Liebe

# H. G. WELLS

# Der Besuch

ROMAN

PAUL ZSOLNAY VERLAG
WIEN · HAMBURG

Deutsche Erstveröffentlichung

Berechtigte Übersetzung aus dem Englischen von
Hermann Fuchs

Alle Rechte vorbehalten
Copyright © Executors of the Estate of H. G. Wells und
Paul Zsolnay Verlag Gesellschaft m. b. H., Wien/Hamburg 1982
Originaltitel: The Wonderful Visit
Umschlag und Einband: Doris Byer
Fotosatz: Typostudio Wien
Druck und Bindung: Wiener Verlag
Printed in Austria
ISBN 3-552-03410-2


CIP-Kurztitelaufnahme der Deutschen Bibliothek
**Wells, Herbert G.:**
H.-G.-Wells-Edition. – Wien, Hamburg: Zsolnay.
NE: Wells, Herbert G.: (Sammlung [dt.])
→ Wells, Herbert G.: Der Besuch
**Wells, Herbert G.:**
Der Besuch: Roman / H. G. Wells.
(Berecht. Übers. aus d. Engl. von Hermann Fuchs.) –
Wien, Hamburg: Zsolnay, 1982.
(H.-G.-Wells-Edition)
Einheitssacht.: The wonderful visit (dt.)
ISBN 3-552-03410-2

# Der Besuch

# 1

In der Nacht des Seltsamen Vogels sahen viele Leute aus Sidderton (und einige aus noch geringerer Entfernung) ein grelles Licht über dem Sidderford Moor. Aber in Sidderford sah es keiner, denn die meisten Leute in Sidderford waren schon zu Bett gegangen.

Den ganzen Tag über war der Wind stärker geworden, so daß die Lerchen im Moor dann und wann in der Nähe des Bodens zwitscherten oder sich emporschwangen, nur um wie Blätter vor dem Wind hergetrieben zu werden. Die Sonne ging in blutroten Wolkenbergen unter, der Mond war verhüllt. Das grelle Licht, so wird erzählt, war golden wie ein Strahl, der aus dem Himmel dringt, kein gleichmäßiger Schein, sondern überall durchbrochen von sich krümmenden Blitzen so als würden Schwerter geschwungen. Es dauerte nur einen Augenblick und ließ dann die Nacht dunkel und geheimnisvoll zurück. In der Zeitschrift „Nature" erschienen Briefe darüber und eine grobe Skizze, die niemand für sehr treffend hielt. (Auf Seite 42 des 260. Bandes jener Zeitschrift können Sie die Skizze, die keine Ähnlichkeit mit dem grellen Licht aufweist, betrachten.)

Keiner in Sidderford sah das Licht, aber Annie,

Hooker Durgans Frau, lag wach und sah seinen Widerschein – ein flackerndes goldenes Züngeln –, der über die Wand glitt.

Sie war auch eine von denen, die den Klang hörten. Die anderen, die ihn hörten, waren Lumpy Durgan, der Schwachsinnige, und Amorys Mutter. Sie sagten, es sei ein Klang gewesen, der dem Singen von Kindern und dem Vibrieren von Harfensaiten glich, getragen von einer Flut von Tönen, wie sie zuweilen einer Orgel entströmen. Er begann und endete wie das Öffnen und Schließen einer Tür, und vorher und nachher hörten sie nichts als das Heulen des Nachtwinds über dem Moor und das Geräusch in den Höhlen unterhalb der Sidderford Klippe. Amorys Mutter sagte, sie hätte am liebsten geweint, als sie ihn hörte; Lumpy hingegen tat es nur leid, daß er ihn nicht länger hören konnte.

Das ist alles, was man Ihnen von dem Licht über dem Sidderford Moor und der angeblichen Musik erzählen kann. Und ob dies alles in einem tatsächlichen Zusammenhang mit dem Seltsamen Vogel steht, dessen Geschichte folgt, ist mehr als ich sagen kann. Aber ich habe es hier zu Papier gebracht, aus Gründen, die im Verlauf der Erzählung noch deutlicher zu Tage treten werden.

## 2

Sandy Bright kam gerade die Straße von Spinners Geschäft herunter und trug eine Speckseite, die er im Tausch für eine Uhr bekommen hatte. Er sah nichts von dem Licht, aber er hörte und sah den Seltsamen Vogel. Er hörte plötzlich ein Flattern und eine Stimme, die der einer wehklagenden Frau glich, und da er ein ängstlicher Mensch ist und ganz allein war, war er sogleich beunruhigt, und als er sich umwandte (am ganzen Körper zitternd), sah er etwas Großes und Schwarzes, das sich von der trüben Dunkelheit der Zedern oben am Hügel abhob. Es schien direkt auf ihn herunterzukommen. Unverzüglich ließ er den Speck fallen und rannte los, nur um kopfüber hinzufallen.

Er versuchte vergeblich – in solchem Gemütszustand war er –, sich an den Beginn des Vaterunsers zu erinnern. Der Seltsame Vogel flatterte über ihm – größer als er selbst, mit einer riesigen Flügelspannweite, und, wie ihm schien, schwarz. Er schrie und glaubte sich verloren. Dann flog dieses Etwas an ihm vorbei, segelte den Hügel hinunter, schwebte über das Pfarrhaus hinweg und verschwand in dem nebligen Tal in Richtung Sidderford.

Und Sandy Bright blieb eine Ewigkeit auf

seinem Bauch liegen und starrte in die Finsternis, dem Seltsamen Vogel nach. Endlich konnte er sich aufknien und begann dem Himmel für die barmherzige Rettung zu danken, während er den Hügel hinunterblickte. Schließlich ging er weiter ins Dorf hinab, sprach laut und bekannte im Gehen seine Sünden, aus Furcht, der Seltsame Vogel könnte zurückkommen. Alle, die ihn hörten, glaubten, er sei betrunken. Aber von dieser Nacht an war er ein anderer Mensch: Er hörte auf zu trinken und das Finanzamt dadurch zu betrügen, daß er ohne Lizenz Silberschmuck verkaufte. Und die Speckseite lag oben auf dem Hügel, bis sie der Händler aus Portburdock am Morgen fand.

Der nächste, der den Seltsamen Vogel sah, war der Schreiber eines Anwalts in Iping Hanger, der vor dem Frühstück den Hügel hinaufging, um den Sonnenaufgang zu sehen. Von einigen kleinen Wolkenfetzen abgesehen, die sich auflösten, war der Himmel über Nacht reingefegt worden. Zuerst dachte er, er sehe einen Adler. Er war nahe dem Zenit und unglaublich weit entfernt, bloß ein leuchtender Fleck über den rosafarbenen Zirruswölkchen; und es schien, als flattere er und stoße gegen den Himmel, wie eine eingesperrte Schwalbe gegen eine Fensterscheibe. Dann kam er herunter in den Schatten der Erde, strich in einem großen Bogen gegen Portburdock, kreiste über Hanger, und verschwand so hinter dem Gehölz des Siddermorton Parks. Er schien größer zu sein als ein Mensch. Gerade bevor er verschwand, tauchte das

Licht der aufgehenden Sonne über dem Rand der Hügel auf und streifte seine Flügel, die mit der Helligkeit lodernder Flammen und in der Farbe kostbarer Edelsteine aufleuchteten, und so zog er vorbei und ließ den Augenzeugen staunend und mit offenem Munde zurück.

Ein Pflüger, der unterwegs zu seiner Arbeit war und unterhalb der Steinmauer des Siddermorton Parks entlangging, sah den Seltsamen Vogel einen Augenblick lang über sich aufblitzen und in den dunstigen Öffnungen zwischen den Buchen verschwinden. Aber er sah nur wenig von der Farbe der Flügel, und konnte nur feststellen, daß die langen Beine des Vogels rosafarben und kahl zu sein schienen wie nacktes Fleisch, und daß sein Körper weiß gesprenkelt zu sein schien. Er glitt wie ein Pfeil durch die Luft und war verschwunden.

Das waren die ersten drei Augenzeugen, die den Seltsamen Vogel sahen.

Nun schreckt heutzutage keiner mehr vor dem Teufel und der eigenen Sündhaftigkeit zurück oder sieht sonderbare, schillernde Flügel im Dämmerlicht, ohne nachher etwas davon zu sagen. Der Schreiber des jungen Anwalts erzählte es beim Frühstück seiner Mutter und seinen Schwestern und nachher auf seinem Weg ins Büro nach Portburdock dem Schmied von Hammerpond, und er verbrachte den Morgen damit, gemeinsam mit den anderen Büroangestellten darüber zu rätseln anstatt Verträge abzuschreiben. Und Sandy Bright besprach die Sache mit Mr. Jekyll, dem Volksgeistlichen, und der Pflüger sagte es dem alten Hugh und später dem Vikar von Siddermorton.

„Die Leute in dieser Gegend sind nicht besonders phantasievoll", sagte der Vikar von Siddermorton, „ich möchte wissen, wieviel daran wahr ist. Abgesehen davon, daß er glaubt, die Flügel seien braun, klingt es ungemein nach Flamingo."

# 3

Der Vikar von Siddermorton (welches in gerader
Linie neun Meilen landeinwärts von Siddermouth
liegt) war ein Ornithologe. Beschäftigungen solcher Art, wie etwa Botanik, Altertumsforchung
oder Volkskunde, sind für einen alleinstehenden
Mann in seiner Position beinahe unvermeidlich. Er
widmete sich auch der Geometrie und warf gelegentlich unlösbare Probleme in der „Educational
Times" auf, aber Ornithologie war seine Stärke. Er
hatte der Liste jener Vögel, die es gelegentlich nach
Britannien verschlägt, bereits zwei gefiederte Besucher hinzugefügt. Sein Name war in den Kolum-
nen des „Zoologist" ein Begriff. (Ich fürchte, daß
er heute vielleicht vergessen ist, denn die Welt
dreht sich schnell.) Und am Tag nach dem Auftauchen des Seltsamen Vogels, kam zuerst einer und
dann noch einer, um die Geschichte des Pflügers zu
bekräftigen und um ihm, nicht als stünde es in
irgendeinem Zusammenhang, vom grellen Licht
über dem Sidderford Moor zu erzählen.

Nun hatte der Vikar von Siddermorton zwei
Rivalen in seinen wissenschaftlichen Studien: Gully
aus Sidderton, der tatsächlich das grelle Licht
gesehen hatte, und der auch die Skizze an die
Zeitschrift „Nature" gesandt hatte, und Borland,

der mit naturkundlichen Artikeln handelte und das Laboratorium für Meeresbiologie in Portburdock führte. Nach Meinung des Vikars hätte Borland bei seinen Ruderfußkrebsen bleiben sollen, statt dessen hatte er einen Tierpräparator in seinen Diensten, und nutzte die Küstenlage, um seltene Meeresvögel aufzuspüren. Es war für jeden, der etwas vom Sammeln verstand, offensichtlich, daß diese beiden Männer das Land noch innerhalb von 24 Stunden nach dem seltsamen Besucher absuchen würden.

Des Vikars Blick ruhte auf dem Buchrücken von Saunders' „Britische Vögel", denn er war zu diesem Zeitpunkt im Arbeitszimmer. An zwei Stellen war bereits eingetragen: „Das einzige bekannte britische Exemplar wurde von Rev. K. Hillyer, Vikar von Siddermorton, sichergestellt." Ein dritter solcher Eintrag. Er bezweifelte, ob irgendein anderer Sammler das hatte.

Er schaute auf seine Uhr – zwei. Er hatte gerade zu Mittag gegessen, und gewöhnlich „ruhte" er am Nachmittag. Er wußte, es würde ihm ein unangenehmes Gefühl bereiten, wenn er in den heißen Sonnenschein hinausginge – sowohl in seinem Kopf als auch allgemein. Aber Gully war wahrscheinlich draußen und streifte aufmerksam umher. Angenommen es war etwas sehr Gutes, und Gully erwischte es!

Seine Flinte stand in der Ecke. (Das Ding hatte schillernde Flügel und rosafarbene Beine! Die Dissonanz der Farben war sicherlich überaus anregend.) Er nahm seine Flinte.

Er wäre bei der Glastür und der Veranda hinaus und den Garten hinunter zu dem Bergpfad gegangen, um dem Blick seiner Haushälterin auszuweichen. Er wußte, daß seine Expeditionen mit der Flinte nicht gebilligt wurden. Aber da sah er die Frau des Hilfsgeistlichen und ihre zwei Töchter, die Tennisschläger trugen, den Garten herauf auf sich zukommen. Die Frau seines Kuraten war eine junge Dame von ungeheurer Willenskraft, die auf seinem Rasen Tennis spielte und seine Rosen schnitt, in Grundsatzfragen einen anderen Standpunkt vertrat als er und seine Person in der ganzen Gemeinde kritisierte. Er hatte eine erbärmliche Angst vor ihr und versuchte ständig, ihr Wohlwollen zu erlangen. Aber bis jetzt hatte er sich an seine Ornithologie geklammert . . .

Wie auch immer, er ging bei der vorderen Tür hinaus.

# 4

Wären nicht die Sammler, würde es in England sozusagen von seltenen Vögeln und wunderbaren Schmetterlingen, seltsamen Blumen und tausend interessanten Dingen wimmeln. Aber glücklicherweise verhindert der Sammler dies alles, indem er entweder eigenhändig tötet oder Leute der unteren Schichten auftreibt, die gegen übertrieben hohe Bezahlung solche Ausnahmeerscheinungen, wo immer sie auftauchen, töten. Es verschafft den Leuten Arbeit, auch wenn Gesetze dagegen erlassen werden. Auf diese Art und Weise schlachtet er zum Beispiel die Dohle in Cornwall ab oder auch den weißen Schmetterling im Raume Bath, den Perlmutterfalter *Königin von Spanien;* ebenso darf er sich mit der Ausrottung des Großen Alks und hundert anderer seltener Vögel und Pflanzen und Insekten brüsten. All das ist das Werk des Sammlers und allein sein Ruhm. Im Namen der Wissenschaft. Und das ist auch richtig und wünschenswert; jede Ausnahmeerscheinung ist tatsächlich abartig – sollten Sie im Moment nicht dieser Meinung sein, dann überdenken Sie die Sache noch ein zweites Mal –, genau wie Außergewöhnlichkeit im Denken als Wahnsinn bezeichnet wird. (Ich fordere Sie dazu auf, eine andere Definition zu finden, die auf jedes einzelne Beispiel der beiden erwähnten Fälle zutrifft); und wenn eine Gattung selten ist, dann folgt daraus, daß sie nicht geeignet ist, zu überleben. So gesehen ist der Sammler bloß wie der Fußsoldat in den Tagen der schweren Rüstung – er läßt die Kämpfer allein und schneidet die Kehlen derer durch, die gestürzt sind. Deshalb ist es auch möglich, daß jemand im Sommer England von einem Ende zum anderen durchwandert und dabei nur acht oder zehn gewöhnliche wildwachsende Blumen, die gewöhnlicheren Schmetterlinge und etwa ein Dutzend gewöhnliche Vögel sieht, ohne daß sein ästhetischer Sinn durch eine Unterbrechung der Monotonie, durch den Farbfleck irgendeiner seltsamen Blüte oder das Flattern unbekannter Flügel verletzt werden würde. Alle diese Besonderheiten sind schon vor Jahren „gesammelt" worden. Weshalb wir auch alle die Sammler lieben sollten, und jedesmal, wenn ihre Sammlungen gezeigt werden, daran denken sollten, was wir ihnen zu verdanken haben. Diese, ihre kleinen, nach Kampfer riechenden Schubladen, ihre Glaskästen und Löschpapierbücher sind die Gräber des Seltenen und des Schönen, sind die Symbole des Triumphs der Muße (der sinnvoll genützten Muße) über die Freuden des Lebens. (Das alles hat, wie Sie sehr richtig bemerken, überhaupt nichts mit dem Seltsamen Vogel zu tun.)

# 5

Es gibt im Moor eine Stelle, wo das schwarze Wasser zwischen dem saftigen Moos hervorglänzt, und wo der haarige Sonnentau, der Vertilger leichtsinniger Insekten, seine rotgefleckten hungrigen Hände dem Gott entgegenstreckt, der seine Geschöpfe hingibt – jedes dazu bestimmt, einem anderen als Futter zu dienen. Auf einer Anhöhe daneben wachsen Birken mit silbriger Rinde, und das helle Grün der Lärche vermischt sich mit dem dunklen der Tanne. Dorthin ging der Vikar, durch die betörend nach Honig duftende Heide, in der Hitze des Tages, eine Flinte unterm Arm, eine Flinte, die mit grobem Schrott für den Seltsamen Vogel geladen war. Und in seiner freien Hand trug er ein Taschentuch, mit dem er sich immer wieder die Schweißperlen vom Gesicht wischte.

Er kam an dem großen Teich vorbei und an dem von braunen Blättern übersäten Tümpel, in dem der Sidder entspringt, und gelangte auf diesem Weg (der zuerst sandig und dann kreidig ist) zu dem kleinen Tor, das in den Park führt. Es gibt sieben Stufen zum Tor hinauf und auf der anderen Seite wieder sechs hinunter – damit das Rotwild nicht entkommt –, so daß, als der Vikar im Torweg stand, sein Kopf zehn Fuß oder mehr über dem

Erdboden war. Und als er zu der Stelle blickte, wo wildwucherndes Farnkraut die Senke zwischen zwei Buchenhainen füllte, erblickte sein Auge etwas Buntes, das flackerte und wieder verschwand. Plötzlich glitt ein Leuchten über sein Gesicht und seine Muskeln wurden straff; er duckte den Kopf, packte seine Flinte mit beiden Händen und verharrte regungslos. Dann kam er mit äußerster Wachsamkeit über die Stufen in den Park und kroch mehr als er ging, die Flinte noch immer mit beiden Händen umklammert, auf den Dschungel von Farnkraut zu.

Nichts bewegte sich, und er fürchtete schon, daß ihn seine Augen getäuscht hätten, bis er die Farne erreicht hatte und mit einem Rascheln bis Brusthöhe darin verschwunden war. Da erhob sich plötzlich etwas zwanzig Yards oder weniger vor seinem Gesicht in einem farbenprächtigen Geflakker und peitschte die Luft. Im nächsten Augenblick war es über die Farne geflattert und breitete weit seine Schwingen aus. Er sah, was es war, das Blut stockte in seinen Adern, und er feuerte aus reiner Überraschung und Gewohnheit.

Ein Schrei übermenschlichen Schmerzes ertönte, die Flügel schlugen zweimal durch die Luft, das Opfer stürzte mit großer Geschwindigkeit schräg herunter und schlug auf dem Boden auf – ein zuckender Haufen von sich krümmenden Gliedmaßen, gebrochenen Flügeln und wirbelnden, blutbefleckten Federn – hinten auf dem rasenbedeckten Hang.

Der Vikar stand entgeistert da, mit der rauchenden Flinte in der Hand. Es war überhaupt kein Vogel, sondern ein Jüngling mit einem außergewöhnlich schönen Gesicht in eine safrangelbe Robe gekleidet und mit schillernden Flügeln. Farbige Wogen, Fluten von Purpur und Karmesin, goldglänzendem Grün und tiefem Blau glitten über seine Schwingen, als er sich in Todesqual wand. Nie hatte der Vikar ein Farbenmeer von solcher Pracht gesehen, weder Fenster aus buntem Glas, noch die Flügel von Schmetterlingen, nicht einmal die Pracht von Kristallen, die man zwischen Prismen betrachtet, ja kein Farbenspiel auf der ganzen Welt konnte sich damit messen. Zweimal erhob sich der Engel, nur um wieder seitwärts hinzufallen. Dann wurde das Schlagen der Flügel schwächer, das erschrockene Gesicht wurde bleich, die Farbenflut ebbte ab, und plötzlich streckte er sich mit einem Schluchzen auf den Boden hin, und die wechselnden Farbtöne auf den gebrochenen Flügeln verblaßten rasch zu einem eintönigen, gleichmäßig stumpfen Grau.

„Oh! Was ist mit mir geschehen?" schrie der Engel (denn ein solcher war es), heftig bebend, die Arme ausgestreckt und die Hände in die Erde gekrallt, und dann lag er still.

„Großer Gott!" sagte der Vikar. „Ich hatte keine Ahnung." Er ging vorsichtig nach vor. „Entschuldigen Sie", sagte er, „ich fürchte, ich habe Sie erschossen."

Es war die einleuchtende Bemerkung.

Der Engel schien sich seiner Gegenwart zum ersten Mal bewußt zu werden. Er erhob sich, abgestützt auf eine Hand, seine braunen Augen starrten in die des Vikars. Dann mühte er sich mit einem Keuchen, die Unterlippe zwischen den Zähnen, in eine sitzende Stellung und musterte den Vikar vom Scheitel bis zur Sohle.

„Ein Mensch!" sagte der Engel und griff sich an die Stirn; „ein Mensch in den verrücktesten schwarzen Kleidern und ohne einer Feder. Dann habe ich mich nicht getäuscht. Ich bin tatsächlich im Land der Träume!"

# 6

Nun gibt es einige Dinge, die, offen gesagt, unmöglich sind. Der einfachste Verstand wird zugeben, daß diese Situation unmöglich ist. Das „Athenaeum" wird wahrscheinlich dasselbe sagen, sollte es sich herablassen, dieses Buch zu rezensieren. Sonnenbeschienene Farne, ausladende Buchen, der Vikar und die Flinte sind hinreichend akzeptabel. Aber der Engel ist eine andere Sache. Vernunftmenschen werden eine so überspannte Geschichte kaum weiterlesen. Und der Vikar erkannte diese Unmöglichkeit ganz klar. Aber es fehlte ihm an Entschlossenheit. Daher ließ er sich weiter darauf ein, wie Sie sogleich hören sollen. Ihm war heiß, es war nach dem Mittagessen, er war nicht in der Stimmung für geistige Spitzfindigkeiten. Der Engel hatte ihn in eine mißliche Lage gebracht und lenkte ihn durch belangloses Schillern und ein heftiges Geflatter noch mehr vom Wesentlichen ab. In diesem Augenblick fiel es dem Vikar gar nicht ein zu fragen, ob der Engel möglich sei oder nicht. Er akzeptierte ihn in der Verwirrung des Augenblicks, und das Unglück war geschehen. Versetz dich in seine Lage, mein liebes „Athenaeum". Du gehst auf die Jagd. Du triffst etwas. Das allein würde dich schon aus der Fassung bringen. Du bemerkst, daß du einen Engel getroffen hast, er wälzt sich eine Minute lang herum, setzt sich dann auf und spricht zu dir. Er bringt keine Entschuldigung für seine Unmöglichkeit vor. Viel mehr noch, er bürdet dir geschickt die ganze Verantwortung auf. „Ein Mensch!" sagt er, auf dich zeigend. „Ein Mensch in den verrücktesten schwarzen Kleidern und ohne einer Feder. Dann habe ich mich nicht getäuscht. Ich bin tatsächlich im Land der Träume!" Du *mußt* ihm antworten. Es sei denn, du nimmst Reißaus. Oder du jagst ihm eine zweite Kugel durch den Kopf, um der Auseinandersetzung zu entgehen.

„Das Land der Träume! Verzeihen Sie, wenn ich behaupte, daß Sie gerade aus demselben gekommen sind", war die Antwort des Vikars.

„Wie ist das möglich?" sagte der Engel.

„Ihr Flügel blutet", sagte der Vikar. „Gestatten Sie mir, bevor wir miteinander sprechen, das Vergnügen – das traurige Vergnügen, ihn zu verbinden? Es tut mir wirklich aufrichtig leid . . ." Der Engel griff mit der Hand nach hinten und zuckte zusammen.

Der Vikar half seinem Opfer aufzustehen. Der Engel drehte sich ernst um, und der Vikar untersuchte, zahllose nichtssagende Zwischenbemerkungen hervorkeuchend, sorgfältig die verletzten Flügel. (Die Flügel fügten sich, wie er mit Interesse gewahrte, in einer Art zweiter Schultergelenkgrube an den äußeren oberen Rand des Schulterblattes. Der linke Flügel hatte wenig Schaden genommen, abgesehen vom Verlust einiger Hauptfederkiele, und einem Schuß in die *ala spuria,* aber der Oberarmknochen des rechten war offensichtlich zertrümmert.) Der Vikar stillte die Blutung so gut er konnte und verband den Knochen mit seinem Taschentuch und dem Schal, der ihm von seiner Haushälterin bei jedem Wetter aufgezwungen wurde.

„Ich fürchte, Sie werden einige Zeit nicht fliegen können", sagte er, als er den Knochen befühlte.

„Ich mag diese neue Empfindung nicht", sagte der Engel.

„Den Schmerz, wenn ich den Knochen befühle?"

„Den *was?*" sagte der Engel.

„Den Schmerz."

„,Schmerz' – nennst du es. Nein, den Schmerz mag ich sicher nicht. Habt ihr viel von diesem Schmerz im Land der Träume?"

„Eine ganz schöne Menge", sagte der Vikar. „Kennen Sie diese Empfindung nicht?"

„Überhaupt nicht", sagte der Engel. „Ich mag sie nicht."

„Wie seltsam!" sagte der Vikar, und schnappte nach dem Ende eines Leinenstreifens, um einen Knoten zu machen. „Ich glaube, dieser Verband müßte für den Augenblick reichen", sagte er. „Ich habe mich früher einmal mit Sanitätsarbeit beschäftigt, aber niemals mit dem Verbinden von Flügelverletzungen. Hat der Schmerz ein wenig nachgelassen?"

„Es ist jetzt mehr ein Glühen als ein Lodern", sagte der Engel.

„Ich fürchte, Sie werden dieses Glühen jetzt einige Zeit spüren", sagte der Vikar, immer noch mit der Verletzung beschäftigt.

Der Engel zuckte mit dem Flügel und drehte sich um, um wieder den Vikar anzublicken. Er hatte während des ganzen Gesprächs versucht, über die Schulter den Vikar im Auge zu behalten. Mit hochgezogenen Augenbrauen und einem wachsenden Lächeln auf seinem schönen, sanften Gesicht betrachtete er ihn vom Scheitel bis zur Sohle. „Es ist ein sonderbares Gefühl", sagte er mit einem freundlichen, kleinen Lachen, „mit einem Menschen zu sprechen!"

„Wissen Sie", sagte der Vikar, „wenn ich es mir jetzt überlege, ist es auch für mich sonderbar, daß ich mit einem Engel sprechen soll. Ich bin in gewisser Hinsicht ein Tatsachenmensch. Ein Vikar muß das sein. Engel habe ich immer als – künstlerische Phantasiegebilde . . . betrachtet."

„Genau dafür halten wir auch die Menschen."

„Aber sicher haben Sie so viele Menschen gesehen . . ."

„Nie, bis zum heutigen Tag. Auf Bildern und in Büchern natürlich unzählige Male. Aber ich habe einige seit dem Sonnenaufgang gesehen, richtige Menschen aus Fleisch und Blut, außerdem ein Pferd oder etwas ähnliches . . . du weißt, diese Einhörner ohne Horn – und eine ganze Menge von diesen komischen klumpigen Dingern, die man ‚Kühe' nennt. Natürlich flößten mir diese Vielzahl mythischer Ungeheuer ein wenig Furcht ein, und ich kam hierher, um mich zu verstecken, bis es dunkel ist. Ich vermute, es wird bald wieder dunkel werden, so wie es zuerst war. *Buh!* Euer Schmerz ist ein schlechter Spaß. Ich hoffe, ich werde gleich aufwachen."

„Ich verstehe Sie nicht ganz", sagte der Vikar, runzelte die Brauen und schlug sich mit der flachen Hand gegen die Stirn. „Mythisches Ungeheuer!" Das Schlimmste, was man ihn bisher genannt hatte, war „mittelalterlicher Anachronismus" (dies hatte ein Verfechter der Trennung von Kirche und Staat getan). „Verstehe ich recht, daß Sie mich als – als etwas in einem Traum betrachten?"

„Natürlich", sagte der Engel lächelnd.

„Und diese Welt um mich herum, diese knorrigen Bäume und ausgebreiteten Farne . . ."

„Gleichen so *sehr* einem Traum", sagte der Engel. „Genau das, wovon jemand träumt – oder was Künstler ersinnen."

„Dann gibt es also Künstler unter den Engeln?"

„Alle Arten von Künstlern. Engel mit wunderbarer Phantasie, die Menschen erfinden und Kühe und Adler und tausend andere unmögliche Geschöpfe."

„Unmögliche Geschöpfe!" sagte der Vikar.

„Unmögliche Geschöpfe", sagte der Engel. „Mythen."

„Aber ich bin wirklich!" sagte der Vikar. „Ich

versichere Ihnen, daß ich wirklich existiere."

Der Engel zuckte seine Flügel, fuhr zusammen und lächelte. „Ich kann immer genau sagen, wann ich träume", sagte er.

„*Sie* – träumen", sagte der Vikar. Er schaute um sich.

„*Sie* und träumen!" wiederholte er. Sein Verstand war Verwirrung.

Er streckte seine Hand aus, alle Finger in Bewegung. „Ich hab's!" sagte er. „Langsam verstehe ich." Eine ganz hervorragende Idee dämmerte ihm. Nicht umsonst hatte er in Cambridge Mathematik studiert. „Bitte, nennen Sie mir einige Tiere *Ihrer* Welt . . ., Ihrer wirklichen Welt, wirkliche Tiere, verstehen Sie?"

„Wirkliche Tiere!" sagte der Engel lächelnd. „Warum – es gibt Greife und Drachen – und Jabberwocks – und Cherubime – und Sphinxe – und den Hippogryph – und Nixen – und Satyrn – und . . ."

„Danke", sagte der Vikar, als sich der Engel für dieses Aufzählen zu erwärmen schien; „danke. Das genügt *vollauf*. Langsam verstehe ich."

Er hielt für einen Augenblick inne und zog das Gesicht in Falten. „Ja . . . langsam verstehe ich."

„Was verstehen?" fragte der Engel.

„Die Greife und Satyrn und so weiter. Es ist so klar wie . . ."

„Ich sehe sie nirgends", sagte der Engel.

„Nein, der Witz an der Sache ist, daß sie in dieser Welt nicht gesehen werden können. Aber unsere Männer von Phantasie haben uns alles über sie erzählt, verstehen Sie. Und sogar ich habe manchmal . . . es gibt Orte in diesem Dorf, wo du entweder das, was sie dir auftischen, einfach hinnehmen mußt, wenn du nicht Anstoß erregen willst – ich, das wollte ich sagen, habe in meinen Träumen Jabberwocks, Untiere, Alraune gesehen . . . Von unserem Standpunkt aus, wissen Sie, sind es Geschöpfe des Traums . . ."

„Geschöpfe des Traums!" sagte der Engel. „Wie eigenartig! Das ist ein sehr seltsamer Traum. Eine Art Traum, in dem alles auf den Kopf gestellt wird. Du nennst Menschen wirklich und Engel mythisch. Man wird fast zu der Annahme verleitet, daß es auf irgendeine sonderbare Weise sozusagen zwei Welten geben muß . . ."

„Wenigstens zwei", sagte der Vikar.

„Die irgendwo nahe beieinanderliegen, und doch kaum ahnen . . ."

„So nahe beieinander wie die Seiten eines Buches."

„Sie durchdringen einander, und jede hat ihre eigene Wirklichkeit. Das ist wahrlich ein köstlicher Traum!"

„Und träumen nie von einander."

„Außer wenn Leute anfangen zu träumen!"

„Ja", sagte der Engel nachdenklich. „So irgendwie muß es sein. Und da fällt mir etwas ein. Manchmal, wenn ich einschlief oder in der Mittagssonne döste, sah ich sonderbar verrunzelte Gesichter wie deines, die an mir vorüberzogen, und

Bäume mit grünen Blättern daran, und solch sonderbaren, unebenen Boden wie diesen . . . Es muß so sein. Ich bin in eine andere Welt gefallen."

„Manchmal", sagte der Vikar, „zur Schlafenszeit, wenn ich in einem Zustand zwischen Wachsein und Einschlafen war, habe ich Gesichter gesehen, die so schön waren wie deines, und seltsame, verwirrende Bilder einer wunderbaren Landschaft, die vorüberglitten, geflügelte Wesen, die darüber hinschwebten, und wunderbare – manchmal schreckliche – Gestalten, die sich hin und her bewegten. Sogar liebliche Musik habe ich vernommen . . . Vielleicht ist es so, daß, sobald wir unsere Aufmerksamkeit von der Sinnenwelt, den übermächtigen Eindrücken, die auf uns einwirken, abwenden und in einen Dämmerschlaf gleiten, andere Welten . . . So wie wir die Sterne sehen, jene anderen Welten des Universums, wenn das grelle Licht des Tages weicht . . . Und die künstlerisch begabten Träumer, die solche Dinge am klarsten sehen . . ."

Sie blickten einander an.

„Und auf irgendeine unbegreifliche Weise bin ich aus meiner eigenen in deine Welt hineingefallen", sagte der Engel, „in die Welt meiner Träume, die nun Wirklichkeit geworden ist!"

Er blickte um sich. „In die Welt meiner Träume."

„Es ist verwirrend", sagte der Vikar. „Man könnte fast glauben, es gäbe . . . hm . . . letzten Endes doch vier Dimensionen. In diesem Fall natürlich", fuhr er eilig fort – denn er liebte geometrische Spekulationen und war in gewisser Hinsicht stolz auf seine Kenntnisse auf diesem Gebiet – „kann es jede beliebige Anzahl von dreidimensionalen Universen geben, die Seite an Seite existieren und dunkel voneinander träumen. Es kann eine Welt über der anderen liegen, Universum über Universum. Das ist absolut möglich. Nichts ist so unglaublich wie das absolut Mögliche. Aber ich möchte wissen, wie es dazu gekommen ist, daß Sie von Ihrer Welt in meine gefallen sind . . ."

„Ach, du meine Güte!" sagte der Engel. „Da sind Rehe und auch ein Hirsch! Genau wie man sie auf den Wappen zeichnet. Wie grotesk alles wirkt! Bin ich denn wirklich wach?"

Er rieb sich die Augen.

Das halbe Dutzend gesprenkelten Rotwildes kam im Gänsemarsch schräg durch den Wald, hielt an und spähte herüber. „Es ist kein Traum – ich bin wirklich ein Engel von Fleisch und Blut, im Traumland", sagte der Engel. Er lachte. Der Vikar stand da und musterte ihn. Der geistliche Herr verzog einer Angewohnheit folgend seinen Mund und fuhr sich langsam über das Kinn. Er fragte sich, ob nicht auch er im Land der Träume war.

# 7

Nun gibt es in der Welt der Engel, das hatte der Vikar im Laufe vieler Gespräche gelernt, weder Schmerz noch Sorge noch Tod, weder Heirat noch Scheidung, weder Geburt noch Vergessen. Nur zu manchen Zeiten fängt etwas Neues an. Es ist ein Land ohne Berg oder Tal, ein wunderbar ebenes Land, das von seltsamen Gebilden funkelt, in dem ununterbrochen die Sonne leuchtet oder der Vollmond scheint, und mit ständigen Brisen, die durch das äolische Blättergeflecht der Bäume wehen. Es ist ein Wunderland, mit Ozeanen voller Glanz am Himmel, über die seltsame Flotten segeln, niemand weiß wohin. Die Blumen glühen dort am Himmel, und die Sterne scheinen einem zu Füßen, und Glückseligkeit ist der Atem des Lebens. Das Land breitet sich endlos aus – es gibt weder ein Solarsystem noch einen interstellaren Raum wie in unserem Universum –, und die Luft reicht über die Sonne hinaus in die unendliche Tiefe des Himmels. Nur Schönheit gibt es dort – die ganze Schönheit in unserer Kunst ist nur ein schwacher Abglanz undeutlicher Ahnungen von dieser wunderbaren Welt, und unsere Komponisten, unsere echten Komponisten, hören, wenn auch schwach, einzelne Klänge der Melodie, die vor ihren Winden treiben.

Und die Engel und wunderbare Monster aus Bronze und Marmor und glühendem Feuer gehen dort hin und her.

Es ist ein Land des Gesetzes – denn was immer auch existiert, es steht unter dem Gesetz –, aber seine Gesetze unterscheiden sich alle, auf irgendeine seltsame Weise, von den unseren. Ihre Geometrie ist anders, denn ihr Raum ist gekrümmt, so daß alle ihre Ebenen Zylinder sind; und ihr Gravitationsgesetz folgt nicht dem Prinzip der umgekehrten quadratischen Proportionalität, und es gibt vierundzwanzig Grundfarben anstatt nur drei. Die meisten phantastischen Phänomene unserer Naturwissenschaft sind dort alltäglich, und unsere ganze irdische Naturwissenschaft würde ihnen wie der verrückteste Traum erscheinen. Ihre Pflanzen, zum Beispiel, tragen keine Blüten, sondern Strahlenkränze aus buntem Feuer. Das werden Sie natürlich für baren Unsinn halten, weil Sie es nicht verstehen. Das meiste von dem, was der Engel dem Vikar erzählte, konnte sich dieser tatsächlich nicht erklären, denn seine eigenen Erfahrungen, die nur auf diese gegenständliche Welt bezogen waren, verboten ein Verständnis. Es war zu seltsam, um es sich vorzustellen.

Was diese beiden Universen zusammenstoßen hatte lassen, so daß der Engel plötzlich nach Sidderford heruntergefallen war, konnten weder der Engel noch der Vikar sagen. Übrigens kann es der Verfasser auch nicht. Der Verfasser beschränkt sich auf die Tatsachen des vorliegenden Falles und hat weder das Bedürfnis noch die Kühnheit, sie zu erklären. Erklärungen sind die Trugschlüsse eines wissenschaftlichen Zeitalters. Und die Grundtatsache des Falles ist nun einmal diese, daß am 4. August 1895 draußen im Siddermorton Park ein Engel stand, noch immer behaftet mit dem Glanz einer wunderbaren Welt, in der es weder Sorge noch Trauer gibt, strahlend und schön, und mit dem Vikar von Siddermorton über die Pluralität der Welten sprach. Der Verfasser wird, nötigenfalls bei diesem Engel schwören; und da zieht er auch die Grenze.

# 8

„Ich empfinde", sagte der Engel, „ein äußerst ungewöhnliches Gefühl – *hier*. Ich habe es seit Sonnenaufgang gespürt. Ich kann mich nicht erinnern jemals – *hier* – zuvor ein Gefühl gehabt zu haben."

„Nicht Schmerz, hoffe ich", sagte der Vikar.

„Oh, nein! Es ist ganz anders als das – eine Art Leeregefühl."

„Vielleicht ist der atmosphärische Druck ein wenig anders", begann der Vikar, sein Kinn befühlend.

„Und weißt du, ich habe auch die merkwürdigsten Empfindungen in meinem Mund – beinahe als ob – es ist so absurd! – als ob ich Dinge hineinstopfen wollte."

„Oh Gott!" sagte der Vikar. „Natürlich! Sie sind hungrig!"

„Hungrig!" sagte der Engel. „Was ist das?"

„Essen Sie nicht?"

„Essen! Das Wort ist ganz neu für mich."

„Nahrung in den Mund geben, verstehen Sie. Man muß es hier tun. Sie werden es bald erfahren. Wenn man es nicht macht, wird man dünn und fühlt sich elend und leidet starke *Schmerzen,* verstehen Sie – und schließlich stirbt man."

„Stirbt man!" sagte der Engel. „Das ist ein weiteres seltsames Wort!"

„Hier ist es nicht fremd. Es bedeutet aufhören, verstehen Sie", sagte der Vikar.

„Wir hören nie auf", sagte der Engel.

„Sie wissen gar nicht, was Ihnen in dieser Welt zustoßen kann", sagte der Vikar und dachte über ihn nach. „Möglicherweise könnten Sie, wenn Sie Hunger verspüren und Schmerz fühlen und wenn Ihre Flügel brechen können, sogar auch sterben, ehe Sie wieder aus dieser Welt herauskommen. Auf jeden Fall wäre es für Sie besser, wenn Sie versuchen würden zu essen. Was mich betrifft – hm! – es gibt viel unangenehmere Dinge."

„Ich glaube, ich sollte wirklich essen", sagte der Engel. „Wenn es nicht zu schwierig ist. Ich mag diesen ‚Schmerz' von euch nicht, und ich will dieses ‚Hungrig' nicht. Wenn euer ‚Sterben' irgend etwas Ähnliches ist, würde ich lieber essen. Was für eine äußerst merkwürdige Welt das ist!"

„Das Sterben", sagte der Vikar, „hält man im allgemeinen für schlimmer als Schmerz oder Hunger . . . je nachdem."

„Du mußt mir das alles später erklären", sagte der Engel. „Es sei denn, ich wache auf. Jetzt bitte zeige mir, wie man ißt. Wenn du nichts dagegen hast. Irgendwie verspüre ich ein dringendes Bedürfnis . . ."

„Verzeihen Sie", sagte der Vikar und bot ihm seinen Arm an. „Gestatten Sie mir das Vergnügen, Sie zu bewirten. Mein Haus liegt dort drüben –

nicht einmal zwei Meilen von hier."

„Dein Haus!" sagte der Engel ein wenig verwirrt; aber er nahm freundschaftlich den Arm des Vikars, und die zwei setzten die Unterhaltung im Gehen fort, wateten langsam durch das üppige, sonnengefleckte Farnkraut unter den Bäumen, gingen weiter über den Zauntritt in den Parkzäunen, und gelangten so auf dem Weg, der eine oder mehrere Meilen über die von Bienen wimmelnde Heide und dann den Berghang hinunter führte, nach Hause.

Der Anblick dieses Paares hätte Sie entzückt. Der Engel, schmächtig von Gestalt, kaum fünf Fuß groß und mit einem schönen, beinahe mädchenhaften Gesicht, das ein alter italienischer Meister gemalt haben könnte. (Tatsächlich gibt es einen in der Nationalgalerie, *Tobias und der Engel,* von einem unbekannten Künstler, der ihm sogar recht ähnlich ist, was Gesicht und Ausstrahlung anbelangt.) Er war schlicht in eine purpurdurchwirkte safrangelbe Bluse gekleidet, die Knie bloß und barfüßig und seine Flügel, jetzt gebrochen und von bleigrauer Farbe, waren hinten zusammengeschlagen. Der Vikar war klein und eher beleibt, mit einer etwas rötlichen Gesichtsfarbe, roten Haaren, glattrasiert, und mit hellen fuchsbraunen Augen. Er trug einen scheckigen Strohhut mit einem schwarzen Band, eine sehr geschmackvolle weiße Krawatte und eine Uhrkette aus reinem Gold. Er war so sehr an seinem Gefährten interessiert, daß ihm erst in Sichtweite des Pfarrhauses einfiel, daß er das Gewehr im Farnkraut einfach dort, wo es hingefallen war, liegengelassen hatte.

Es freute ihn zu hören, daß der Schmerz im bandagierten Flügel rasch an Intensität verlor.

# 9

Reden wir offen! Der Engel dieser Geschichte ist der Engel der Kunst, nicht jener Engel, den man nicht berühren kann, ohne ehrfurchtslos zu sein – auch nicht der Engel der religiösen Gesinnung und ebensowenig der Engel des Volksglaubens. Letztere kennen wir alle. Dieser Engel ist der einzige unter den Engelsscharen, der eindeutig weiblich ist: Er trägt eine Robe von unbeflecktem, reinem Weiß, mit weiten Ärmeln, ist blond, hat lange goldene Haarlocken und Augen so blau wie der Himmel. Er ist einfach eine reine Frau, eine reine Jungfrau oder eine reine Mutter, mit seiner *robe de nuit* und den an den Schulterblättern angebrachten Flügeln. Seine Aufgaben sind häuslicher Natur und durch Anteilnahme gekennzeichnet, er wacht über einer Wiege oder hilft einer Schwesternseele in den Himmel. Oft trägt er einen Palmzweig, aber man wäre gar nicht erstaunt, würde man ihn dabei antreffen, wie er gerade einem armen frierenden Sünder behutsam einen Bettwärmer bringt. Er war es, der in einer Engelsschar zu Gretchen ins Gefängnis herunterkam, in der erweiterten letzten Szene des „Faust", im Lyzeum; und in den Romanen der Mrs. Henry Wood haben die ansprechenden und ständig an Vollkommenheit gewinnenden Kinder, die jung sterben müssen, Visionen von solchen Engeln. Diese reine Weiblichkeit mit dem unbeschreiblichen Zauber einer Heiligkeit, die an Lavendel erinnert, dem Flair eines sauberen, planvollen Lebens, ist, so könnte man nach allem annehmen, eine rein germanische Erfindung. Die lateinische Tradition kennt sie nicht; die alten Meister schufen nichts, was ihr ähnelte. Sie gehört zur selben Art wie die Werke jener sanften, damenhaften Kunstrichtung, deren triumphalste Wirkung in „einem Würgen in der Kehle" besteht, und in der Witz und Leidenschaft, Verachtung und Gepränge keinen Platz haben. Der reine Engel wurde in Deutschland erfunden, in dem Land der blonden Frauen und häuslichen Gefühle. Er tritt uns kühl und anbetenswürdig entgegen, rein und still, ebenso leise lindernd wie die Weite und Ruhe des sternenklaren Himmels, welcher der germanischen Seele ebenfalls so unsagbar teuer ist ... Wir bringen ihm Verehrung entgegen. Und die Engel der Hebräer, diese mächtigen und rätselhaften Wesen, Raphael, Zadkiel und Michael, die nur ein Watts schattenhaft erfaßt hat, deren Herrlichkeit nur ein Blake gesehen hat, die verehren wir auch.

Aber dieser Engel, den der Vikar abschoß, ist, das betonen wir, keineswegs einer von diesen Engeln, sondern der Engel der italienischen Kunst, farbenfroh und heiter. Er kommt aus dem Land der schönen Träume und nicht von irgendeinem heiligeren Ort. Bestenfalls ist er ein papistisches Geschöpf. Üben Sie daher geduldig Nachsicht mit seinen verstreuten Schwungfedern, und seien Sie nicht voreilig mit Ihrem Vorwurf der Häresie, bevor Sie die Geschichte nicht zu Ende gelesen haben.

Die Frau des Kuraten, ihre zwei Töchter und Mrs. Jehoram spielten noch immer auf dem Rasen hinter dem Arbeitszimmer des Vikars Tennis. Sie spielten recht eifrig und sprachen keuchend über Blusenschnittmuster. Aber darauf hatte der Vikar vergessen, und deshalb kam er auf diesem Weg heran.

Sie erblickten den Hut des Vikars über den Rhododendronbüschen und neben ihm, ein lockiges Haupt ohne Kopfbedeckung. „Ich muß ihn über Susan Wiggin ausfragen", sagte die Frau des Kuraten. Sie war gerade dabei zu servieren und stand da, mit dem Schläger in der einen und dem Ball in der anderen Hand. „*Er* hätte eigentlich wirklich gehen und sie besuchen sollen – denn *er* ist der Vikar. Nicht George. Ich – *Ah*!"

Denn plötzlich bogen die beiden Gestalten um die Ecke und wurden sichtbar. Der Vikar, Arm in Arm mit . . .

Sie sehen schon, es brach ganz plötzlich über die Frau des Hilfsgeistlichen herein. Da der Engel ihr das Gesicht zuwandte, sah sie nichts von den Flügeln. Nur ein Gesicht von überirdischer Schönheit, umrahmt von kastanienbraunen Haaren und eine anmutige Gestalt, die in ein safrangelbes

Gewand gekleidet war, das kaum bis zu den Knien reichte. Wie ein Blitz durchzuckte der Gedanke an diese Knie den Vikar. Auch er war vor Entsetzen starr. Und die zwei Mädchen und Mrs. Jehoram ebenfalls. Alle waren starr vor Entsetzen. Der Engel blickte erstaunt auf die vor Entsetzen starre Gruppe. Bedenken Sie, er hatte nie zuvor jemanden gesehen, der vor Entsetzen starr war.

„Mis – ter Hillyer!" sagte die Frau des Kuraten. „Das ist *zu* viel!" Einen Augenblick stand sie sprachlos da. „Oh!"

Sie eilte hinüber zu den starren Mädchen. „Kommt!" Der Vikar machte seinen stummen Mund auf und zu. Die Welt summte und drehte sich um ihn herum. Zephirwollene Röcke wirbelten, und vier erregte Gesichter glitten auf das offene Tor des Weges zu, der durch den Pfarrhof führte. Es war ihm, als fliehe seine Stellung mit ihnen.

„Mrs. Mendham", sagte der Vikar und schritt nach vorne. „Sie fassen das falsch auf . . ."

„*Oh!*" sagten sie alle noch einmal.

Ein, zwei, drei, vier Röcke verschwanden im Torweg. Der Vikar schwankte über die Hälfte des Rasens und blieb entgeistert stehen. „Das kommt davon", hörte er die Frau des Kuraten in einiger Entfernung sagen, „wenn man einen unverheirateten Vikar hat." Der Schirmständer wackelte. Die Vordertür des Pfarrhauses krachte wie ein Signalgeschütz. Eine Zeitlang herrschte Stille.

„Ich hätte es mir denken können", sagte er. „Sie

ist immer so voreilig."

Er legte die Hand ans Kinn – eine Gewohnheit von ihm. Dann wandte er das Gesicht seinem Gefährten zu. Der Engel war offenbar wohlerzogen. Er hielt Mrs. Jehorams Sonnenschirm hoch – sie hatte ihn auf einem der Rohrsessel zurückgelassen – und untersuchte ihn mit Interesse. Er öffnete ihn. „Welch merkwürdiger, kleiner Mechanismus!" sagte er. „Wofür kann das sein?"

Der Vikar antwortete nicht. Das Engelsgewand war sicherlich – der Vikar wußte, daß hier eine bestimmte französische Redewendung angebracht wäre, aber sie fiel ihm nicht ein. Er sprach so selten Französisch. Es war nicht *de trop,* das wußte er. Alles andere als *de trop.* Der Engel war *de trop,* aber sicher nicht sein Gewand. Ah! *Sans culotte!*

Der Vikar prüfte kritisch seinen Besucher – das erste Mal. „Man *wird* ihn schwer erklären können", sagte er leise zu sich.

Der Engel steckte den Sonnenschirm in den Rasen und ging, um an den Zaunrosen zu riechen. Der Sonnenschein fiel auf sein braunes Haar und verlieh ihm beinahe das Aussehen eines Heiligenscheins. Er stach sich in den Finger. „Seltsam!" sagte er. „Wieder Schmerz."

„Ja", der Vikar dachte laut. „So ist er sehr schön und merkwürdig. So hätte ich ihn am liebsten. Aber ich fürchte, es wird sich nicht vermeiden lassen."

Mit einem nervösen Räuspern näherte er sich dem Engel.

„Das", sagte der Vikar, „waren Frauen."

„Wie grotesk", sagte der Engel, lächelte und roch an den Zaunrosen. „Und solch seltsame Gestalten!"

„Möglicherweise", sagte der Vikar. „Haben Sie, *hm,* bemerkt, wie sie sich benommen haben?"

„Sie sind weggegangen. Es schien tatsächlich, als liefen sie weg. Erschrocken? Ich bin natürlich erschrocken beim Anblick von Wesen ohne Flügel. Ich hoffe – sie haben sich nicht vor meinen Flügeln gefürchtet?"

„Es war Ihr Aussehen im allgemeinen", sagte der Vikar und warf unwillkürlich einen flüchtigen Blick auf die rosafarbenen Füße.

„Du meine Güte! Daran habe ich nicht gedacht. Ich nehme an, ich bin ihnen ebenso seltsam vorgekommen wie du mir." Er blickte flüchtig nach unten. „Und was meine Füße betrifft. *Du* hast Hufe wie ein Hippogryph."

„Stiefel", berichtigte ihn der Vikar.

„Stiefel nennt ihr sie! Jedenfalls aber tut es mir leid, daß ich Angst . . ."

„Wissen Sie", sagte der Vikar und strich über sein Kinn, „unsere Frauen, *hm,* haben eigentümliche Ansichten – ziemlich unkünstlerische Ansichten – über, *hm,* Kleidung. So wie Sie angezogen sind, fürchte ich, fürchte ich wirklich – so schön Ihr Gewand auch sicher ist –, daß Sie sich etwas, *hm,* etwas isoliert in der Gesellschaft vorkommen werden. Es gibt bei uns ein kleines Sprichwort: ‚Man muß, *hm,* mit den Wölfen heulen.‘ Ich kann Ihnen das nur ans Herz legen, vorausgesetzt, es liegt Ihnen daran, *hm,* Umgang mit uns zu pflegen – während Ihres unfreiwilligen Aufenthalts . . .“

Einen Schritt wich der Engel zurück, als der Vikar bei seinem Versuch, diplomatisch und vertraulich zu sein, immer näher kam. Bestürzung zeichnete sich in dem schönen Gesicht ab.

„Ich verstehe nicht ganz. Weshalb machst du fortwährend solche Geräusche in deiner Kehle? Ist es ‚Sterben‘ oder ‚Essen‘, oder etwas in dieser Art . . .“

„Als Ihr Gastgeber“, unterbrach der Vikar und blieb stehen.

„Als mein Gastgeber“, sagte der Engel.

„*Hätten* Sie etwas dagegen, sich, bis eine dauerhaftere Lösung gefunden ist, mit, *hm,* einem Anzug zu bekleiden, einem völlig neuen Anzug, wenn ich so sagen darf, mit so einem, wie ich ihn trage?“

„Oh!“ sagte der Engel. Er trat zurück, so daß er den Vikar vom Scheitel bis zur Sohle mustern konnte. „Kleider tragen wie die deinen!“ sagte er. Er war verwirrt, aber auch belustigt. Seine Augen wurden groß und hell, an seinen Mundwinkeln bildeten sich Fältchen.

„Entzückend!“ sagte er und klatschte in die

Hände. „Was für ein verrückter, seltsamer Traum das ist! Wo sind sie?" Er griff nach dem Kragen der safrangelben Robe.

„Im Haus!" sagte der Vikar. „Hier entlang. Wir werden die Kleider im Haus wechseln!"

## 12

So wurde der Engel mit einer Unterhose aus dem Besitz des Vikars, einem Hemd, das am Rücken aufgeschnitten wurde, um den Flügeln Platz zu schaffen, Socken, Schuhen – den Sonntagsschuhen des Vikars –, einem Kragen, einer Krawatte und einem leichten Überzieher bekleidet. Aber das Anlegen des letzteren bereitete Schmerzen und erinnerte den Vikar daran, daß der Verband nur eine Notlösung war. „Ich werde sofort nach dem Tee läuten und Grummet zu Crump hinunterschikken", sagte der Vikar. „Und das Dinner soll früher serviert werden." Während der Vikar seine Anordnungen über das Treppengeländer rief, begutachtete sich der Engel mit grenzenlosem Entzücken im Ankleidespiegel. Wenn er schon ein Neuling in Sachen Schmerz war, so war er doch offenbar kein Neuling darin – vielleicht dank des Träumens – an Ungereimtheiten Vergnügen zu finden.

Sie tranken den Tee im Salon. Der Engel saß auf dem Klavierhocker (Klavierhocker wegen der Flügel). Zuerst wollte er sich auf den Kaminvorleger legen. In den Kleidern des Vikars sah er viel weniger strahlend aus als über dem Moor, als er Safrangelb getragen hatte. Sein Gesicht leuchtete noch immer, die Farbe seiner Haare und Wangen war seltsam hell, und in den Augen strahlte über-irdisches Licht, aber die Flügel unter dem Überzieher gaben ihm das Aussehen eines Buckligen. Tatsächlich machten die Kleider ein recht irdisches Wesen aus ihm, die Hose bildete Querfalten, und die Schuhe waren etwa eine Nummer zu groß.

Er war bezaubernd leutselig und der elementaren Grundsätze der Zivilisation völlig unkundig. Essen lernte er ohne große Schwierigkeiten, und der Vikar verbrachte ergötzliche Augenblicke, als er ihn lehrte, wie man Tee macht. „Was für ein Schmutz das ist! In welch seltsam grotesker, häßlicher Welt du lebst!" sagte der Engel. „Sich vorzustellen, daß man Dinge in seinen Mund stopft! Wir verwenden den Mund nur zum Sprechen und Singen. Unsere Welt, weißt du, ist beinahe unverbesserlich schön. Bei uns gibt es so wenig Häßlichkeit, daß ich all das . . . entzückend finde."

Mrs. Hinijer, die Haushälterin des Vikars, blickte argwöhnisch auf den Engel, als sie den Tee brachte. Sie hielt ihn eher für einen „sonderbaren Kauz". Was sie gedacht haben würde, hätte sie ihn in Safrangelb gesehen, läßt sich nicht ab-schätzen.

Der Engel schlurfte mit der Teeschale in der einen und dem Butterbrot in der anderen Hand im Zimmer umher und untersuchte das Mobiliar des Vikars. Draußen vor den Verandatüren leuchtete der Rasen mit seinen Reihen von Dahlien und Sonnenblumen im warmen Sonnenschein, und Mrs. Jehorams Sonnenschirm stand darauf wie ein

Dreieck aus Feuer. Er hielt das Porträt des Vikars über dem Kamin wahrlich für sehr seltsam und konnte nicht verstehen, wozu es dort stand. „Du hast doch runde Formen", sagte er, bezugnehmend auf das Porträt, „warum möchtest du flach sein?" Und er war ungeheuer belustigt über den Ofenschirm aus Glas. Er fand die Eichensessel komisch. „Du bist nicht viereckig, nicht wahr?" sagte er, als der Vikar ihren Zweck erklärte. „*Wir* klappen uns nie zusammen. Wir liegen auf der Affodill herum, wenn wir ausruhen wollen."

„Der Sessel", sagte der Vikar, „hat, um die Wahrheit zu sagen, auch *mir* immer Kopfzerbrechen bereitet. Er stammt, glaube ich, aus der Zeit, als die Fußböden kalt und sehr schmutzig waren. Ich vermute, wir haben diesen Brauch beibehalten. Es ist eine Art Instinkt geworden, daß wir auf Sesseln sitzen. Wenn ich jedenfalls eines meiner Pfarrkinder besuchen ginge, und ich würde mich plötzlich auf dem Boden breitmachen – die natürliche Art des Ausruhens –, wüßte ich nicht, was man tun würde. Es würde augenblicklich in der ganzen Gemeinde bekannt sein. Dennoch scheint es die natürliche Art des Ausruhens zu sein, daß man sich niederlegt. Die Griechen und Römer . . ."

„Was ist das?" sagte der Engel plötzlich.

„Das ist ein ausgestopfter Eisvogel. Ich habe ihn getötet."

„Ihn getötet!"

„Ihn erschossen", sagte der Vikar, „mit einer Flinte."

„Erschossen! Wie du es mit mir gemacht hast?"

„Ich habe Sie nicht getötet, verstehen Sie. Glücklicherweise."

„Läßt einen Töten so werden?"

„In gewisser Hinsicht."

„Oh, Gott! Und du wolltest mich zu so etwas machen – wolltest mir Glasaugen einsetzen und mich in einem Glasbehälter aufhängen, der voll von häßlichem grünem und braunem Zeug ist?"

„Wissen Sie", fing der Vikar an, „ich hatte kaum eine Ahnung . . ."

„Ist das ,sterben'?" fragte der Engel plötzlich.

„Das ist tot; es ist gestorben."

„Armes, kleines Ding. Ich muß viel essen. Aber du sagst, du hast es getötet. *Weshalb?*"

„Wissen Sie", sagte der Vikar, „ich interessiere mich für Vögel, und ich, *hm,* sammle sie. Ich wollte das Exemplar . . ."

Der Engel starrte ihn einen Augenblick verwirrt an. „Ein herrlicher Vogel wie dieser!" sagte er mit Schauder. „Weil dich eine Laune gepackt hat. Du wolltest das Exemplar!"

Er dachte eine Minute nach. „Tötest du oft?" fragte er den Vikar.

## 13

Dann traf Dr. Crump ein. Grummet hatte ihn keine hundert Yards vor dem Tor des Pfarrhauses getroffen. Er war ein großer, ziemlich schwerfälliger Mann mit glattrasiertem Gesicht und einem Doppelkinn. Er trug einen grauen Cutaway (er hatte eine Vorliebe für grau) und eine schwarz-weiß karierte Krawatte. „Was ist passiert?" sagte er, als er eintrat und ohne eine Spur von Überraschung in das leuchtende Gesicht des Engels blickte.

„Dieser . . . *hm* . . . Herr", sagte der Vikar, „oder . . . *ah* . . . Engel" – der Engel verbeugte sich – „leidet an den Folgen einer Schußwunde."

„Schußwunde!" sagte Dr. Crump. „Im Juli! Kann ich sie sehen, Mr. – Engel, sagten Sie, glaube ich?"

„Er wird wahrscheinlich in der Lage sein, Ihre Schmerzen zu lindern", sagte der Vikar. „Darf ich Ihnen beim Ausziehen des Rockes behilflich sein?"

Der Engel drehte sich gehorsam um.

„Rückgratverkrümmung?" murmelte Dr. Crump durchaus hörbar, als er den Engel von hinten betrachtete. „Nein! Abnormes Wachstum. Hallo! Das ist merkwürdig!" Er ergriff den linken Flügel. „Komisch", sagte er. „Verdoppelung der vorderen Gliedmaßen – in zwei Teile gespalten und rabenschnabelförmig.

Natürlich möglich, aber ich habe es noch nie zuvor gesehen." Der Engel zuckte unter seinen Händen zusammen. „Schulterbein, Speiche und Elle. Alles da. Angeboren, natürlich. Schulterbein gebrochen. Seltsamer, federähnlicher Wuchs auf der Haut. Du meine Güte. Fast vogelartig. Wahrscheinlich von beträchtlichem Interesse für die vergleichende Anatomie. Ich habe mich nie damit beschäftigt! Wie war das mit diesem Schuß, Mr. Engel?"

Der Vikar war über den nüchternen Ton des Arztes erstaunt.

„Unser Freund", sagte der Engel und wandte seinen Kopf dem Vikar zu.

„Unglückseligerweise ist es meine Schuld", sagte der Vikar erläuternd und trat einen Schritt vor. „Ich verwechselte den Herrn – den Engel, *hm* – mit einem großen Vogel . . ."

„Ihn mit einem großen Vogel verwechselt! Was denn noch alles? Ihre Augen müßten einmal untersucht werden", sagte Dr. Crump. „Ich habe Ihnen das schon früher gesagt." Er machte mit dem leichten Abklopfen und Betasten weiter und stieß dabei eine Reihe von Grunzlauten und undeutliches Gemurmel aus . . . „Aber dieser Verband ist für einen Amateur eine wirklich gute Arbeit", sagte er. „Ich glaube, ich werde ihn so lassen. Eine merkwürdige Mißbildung ist das! Finden Sie sie nicht störend, Mr. Engel?"

Er ging plötzlich um ihn herum, so daß er in das Gesicht des Engels blicken konnte.

Der Engel dachte, er meine die Verletzung. „Es ist ziemlich störend", sagte er.

„Wären nicht die Knochen, würde ich vorschlagen, es abends und morgens mit Jod zu bestreichen. Es gibt nichtes Besseres als Jod. Sie könnten ihr Gesicht damit dünn bestreichen. Aber die Knochenauswüchse, die Gliedmaßen verkomplizieren die Sache. Ich könnte sie natürlich absägen. Aber so etwas sollte man nicht übereilen . . ."

„Meinst du meine Flügel?" sagte der Engel beunruhigt.

„Flügel!" sagte der Doktor. „Wie? Flügel nennen Sie das! Ja – was sollte ich sonst meinen?"

„Sie absägen!" sagte der Engel.

„Glauben Sie nicht? Es ist natürlich Ihre Sache. Ich gebe nur einen Rat . . ."

„Sie absägen! Was für ein komisches Geschöpf du bist!" sagte der Engel und begann zu lachen.

„Wie Sie wollen", sagte der Arzt. Er verabscheute Leute, die lachten. „Die Dinger sind merkwürdig", sagte er und wandte sich dem Vikar zu. „Wenn störend" – zum Engel. „Ich habe nie von so vollständiger Verdoppelung gehört – wenigstens bei Tieren. Gewiß, bei Pflanzen ist es normal. Waren Sie der einzige in der Familie?" Er wartete nicht auf die Antwort. „Fälle von teilweisen Gliedmaßenspaltungen sind natürlich nicht ungewöhnlich, Vikar – Kinder mit sechs Fingern, Kälber mit sechs Beinen, und Katzen mit Doppelzehen, verstehen Sie. Kann ich Ihnen helfen?" sagte er und drehte sich zu dem Engel, der mit dem Rock kämpfte. „Aber eine so vollständige Verdoppelung, und auch so flügelähnlich! Es wäre viel weniger bemerkenswert, wenn es einfach ein weiteres Paar Arme wäre."

Der Rock war angezogen, und er und der Engel starrten einander an.

„Wirklich", sagte der Doktor, „man fängt an zu begreifen, wie dieser herrliche Mythos von den Engeln entstand. Sie sehen etwas hektisch aus, Mr. Engel – fiebrig. Übermäßiger Glanz ist beinahe ein schlimmeres Symptom als übermäßige Blässe. Merkwürdig, daß Ihr Name Engel ist. Ich muß Ihnen eine erfrischende Arznei schicken, für den Fall, daß Sie in der Nacht Durst bekommen . . ."

Er machte sich eine Notiz auf seiner Manschette. Der Engel beobachtete ihn nachdenklich, den Anflug eines Lächelns in den Augen.

„Einen Augenblick, Crump", sagte der Vikar, nahm den Doktor beim Arm und führte ihn zur Tür.

Das Lächeln des Engels wurde strahlender. Er blickte an seinen schwarz bekleideten Beinen hinunter. „Er denkt tatsächlich, daß ich ein Mensch bin!" sagte der Engel. „Was er aus meinen Flügeln macht, verblüfft mich ganz und gar. Welch seltsames Geschöpf er sein muß! Das ist wirklich ein äußerst außergewöhnlicher Traum!"

## 14

„Das *ist* ein Engel", flüsterte der Vikar. „Sie verstehen nicht."

„*Was?*" sagte der Doktor mit schneller, scharfer Stimme. Seine Augenbrauen hoben sich, und er lächelte.

„Aber die Flügel?"

„Ganz natürlich, ganz . . . wenn auch ein wenig abnorm."

„Sind Sie sicher, daß sie natürlich sind?"

„Lieber Freund, alles, was existiert, ist natürlich. Es gibt nichts Unnatürliches in der Welt. Wäre ich anderer Überzeugung, würde ich die Praxis aufgeben und in *La Grande Chartreuse* eintreten. Natürlich gibt es Abnormitäten. Und . . ."

„Aber die Umstände, in denen ich auf ihn gestoßen bin", sagte der Vikar.

„Ja, erzählen Sie mir, wo Sie ihn aufgelesen haben", sagte der Doktor. Er setzte sich auf dem Tisch im Flur nieder.

Der Vikar begann eher zögernd – das Geschichtenerzählen war nicht gerade seine Stärke – mit den Gerüchten von dem seltsamen großen Vogel. Er erzählte die Geschichte in unbeholfenen Sätzen – denn, da er die Art des Bischofs kannte, und dieses schreckliche Beispiel immer vor sich hatte, fürchtete er, daß auch bei ihm sein Predigtstil in die Alltagssprache übergehen könnte – und etwa bei jedem dritten Satz bewegte der Doktor seinen Kopf nach unten – seine Mundwinkel zogen sich herab – so als ob er die verschiedenen Phasen der Geschichte abhakte, und sie bis dahin als ganz natürlich empfunden hätte. „Selbst-Hypnotismus", murmelte er einmal.

„Wie bitte?" sagte der Vikar.

„Nichts", sagte der Doktor. „Gar nichts. Fahren Sie fort. Das ist außerordentlich interessant."

Der Vikar berichtete ihm, daß er mit der Flinte hinausgegangen war.

„*Nach* dem Essen, haben Sie gesagt, nicht?" unterbrach der Doktor.

„Unmittelbar danach", sagte der Vikar.

„So etwas sollten Sie nicht tun, wissen Sie. Aber erzählen Sie bitte weiter."

Er kam zu dem Punkt, wo er den Engel vom Tor aus erblickt hatte.

„Im blendend hellen Licht", sagte der Doktor dazwischen. „Bei neunundzwanzig Grad im Schatten."

Als der Vikar geendet hatte, preßte der Doktor seine Lippen fester zusammen als je zuvor, lächelte schwach und blickte bedeutungsvoll in die Augen des Vikars.

„Sie glauben nicht . . .", begann der Vikar mit stockender Stimme.

Der Doktor schüttelte den Kopf. „Verzeihen Sie mir", sagte er und legte die Hand auf den Arm des Vikars.

„Sie sind", sagte er, „nach einem warmen Essen und an einem heißen Nachmittag hinausgegangen. Es hatte wahrscheinlich über dreißig Grad. Ihr Verstand, was davon übrig ist, ist ganz durcheinander vor lauter Gedanken an Vögel. Ich sage, was davon übrig ist, weil der größte Teil Ihrer Nerventätigkeit sich auf da unten konzentriert und das Essen verdaut. Ein Mann, der im Farnkraut gelegen hat, steht auf, und Sie schießen drauflos. Er fällt vornüber – und wie es eben so vorkommt – sind seine vorderen Gliedmaßen verdoppelt, ein Paar davon ist Flügeln nicht unähnlich. Es ist sicherlich ein Zufall. Und was die schillernden Farben und das weitere betrifft – haben Sie noch nie an einem prächtigen, sonnenbeschienenen Tag Farbflecke vor Ihren Augen tanzen gesehen? Sind Sie sicher, daß sie auf die Flügel beschränkt waren? Überlegen Sie einmal."

„Aber wie er behauptet, *ist* er ein Engel!" sagte der Vikar, aus seinen kleinen, runden Augen starrend, die prallen Hände in die Taschen gezwängt.

„*Ah!*" sagte der Doktor, die Augen auf den Vikar gerichtet. „So etwas habe ich erwartet." Er hielt inne.

„Aber glauben Sie nicht . . .", begann der Vikar.

„Dieser Mann", sagte der Doktor mit tiefer, ernster Stimme, „ist ein genialer Narr".

„Ist was?" sagte der Vikar.

„Ein genialer Narr. Ein abnormaler Mensch. Haben Sie die verweichlichte Zartheit seines Gesichtes bemerkt? Seine Neigung zu völlig sinnlosem Lachen? Sein vernachlässigtes Haar? Bedenken Sie weiters sein eigenartiges Gewand . . ."

Die Hand des Vikars glitt zum Kinn hinauf.

„Symptome von Geistesschwäche", sagte der Doktor. „Dieser Degenerationstypus zeigt häufig die Neigung, sich mit einem ungeheuer geheimnisvollen Nimbus zu umgeben, um glaubwürdig zu erscheinen. Der eine nennt sich Prinz von Wales, ein anderer Erzengel Gabriel, ein dritter ist gar die Gottheit selbst. Ibsen glaubt, er sei ein großer Lehrer, und Maeterlinck hält sich für einen neuen Shakespeare. Ich habe eben erst alles darüber gelesen – in Nordau. Ohne Zweifel brachte ihn seine seltsame Mißgestalt auf eine Idee . . ."

„Aber wirklich . . .", begann der Vikar.

„Zweifellos ist er aus einer Anstalt entwischt."

„Ich akzeptiere das ganz und gar nicht . . ."

„Das werden Sie schon noch. Wenn nicht, gibt es die Polizei, und wenn das fehlschlägt, Zeitungsanzeigen; aber es könnte natürlich sein, daß seine Angehörigen es vertuschen möchten. Für eine Familie ist das eine traurige Sache . . ."

„Er scheint alles in allem . . ."

„Wahrscheinlich werden Sie in etwa einem Tag von seinen Freunden hören", sagte der Doktor und tastete nach seiner Uhr. „Ich nehme an, daß er nicht sehr weit von hier entfernt lebt. Er scheint recht harmlos zu sein. Ich muß morgen noch einmal vorbeikommen und diesen Flügel ansehen." Er glitt vom Tisch herunter und machte sich zum

Gehen bereit.

„Dieses Altweibergeschwätz übt noch immer Einfluß auf dich aus", sagte er, und schlug dem Vikar auf die Schulter. „Aber ein Engel, weißt du . . . Ha, ha!"

„Ich war fest davon überzeugt . . .", sagte der Vikar zweifelnd.

„Prüfen Sie das Beweismaterial", sagte der Doktor, immer noch die Hand an der Uhr. „Prüfen Sie das Beweismaterial mit Hilfe unserer präzisen Methode. Was bleibt dann übrig? Farbflecke, Flecke der Einbildungskraft – *muscae volantes.*"

„Und dennoch", sagte der Vikar, „ich könnte beinahe die Pracht seiner Flügel beschwören . . ."

„Denken Sie darüber nach", sagte der Doktor, die Uhr in der Hand, „heißer Nachmittag – strahlender Sonnenschein – brennt auf Ihren Kopf herunter . . . Aber ich *muß* jetzt gehen. Es ist dreiviertel fünf. Ich werde Ihren – Engel . . . ha, ha! . . . morgen wieder besuchen, wenn ihn in der Zwischenzeit keiner abgeholt hat. Ihr Verband war wirklich ausgezeichnet. Was das betrifft, so schmeichelt es auch *mir.* Unsere Sanitätskurse sind, wie Sie sehen, ein Erfolg gewesen . . . Schönen Nachmittag noch."

## 15

Fast mechanisch öffnete der Vikar die Tür, um Crump hinauszulassén, und er sah Mendham, seinen Kurat, den Pfad heraufkommen, vorbei an der purpurnen Wicke und dem Mädesüß. Bei diesem Anblick glitt seine Hand an sein Kinn, und er blickte verdutzt drein. Angenommen, er täuschte sich. Der Doktor ging an dem Kurat vorbei und strich mit der Hand über den Hutrand. Crump ist ein außergewöhnlich kluger Mensch, dachte der Vikar, und wußte über jemandes Verstand weit besser Bescheid als der betreffende selbst. Der Vikar fühlte das ganz deutlich. Es erschwerte die Erklärung, die nicht ausbleiben durfte. Angenommen, er ginge zurück in den Salon und würde bloß einen Landstreicher auf dem Kaminvorleger vorfinden.

Mendham war ein leichenblasser Mensch mit einem prächtigen Bart. Es sah gerade so aus, als konzentriere sich bei ihm alles auf den Bartwuchs, so wie bei einer Senfpflanze alles vorwiegend der Samenausbildung dient. Aber wenn er sprach, stellte man fest, daß er auch eine Stimme hatte.

,,Meine Frau kam in einem schrecklichen Zustand nach Hause", schmetterte er bereits aus großer Entfernung heraus.

,,Kommen Sie herein", sagte der Vikar, ,,kommen Sie herein. Ein höchst außergewöhnlicher Vorfall. Bitte kommen Sie herein. Kommen Sie in das Arbeitszimmer. Es tut mir wirklich furchtbar leid. Aber wenn ich erkläre . . ."

„Und sich entschuldigen, hoffe ich", schrie der Kurat.

„Und mich entschuldigen. Nein, nicht hier. Hier entlang. In das Arbeitszimmer."

„Also, was war das für eine Frau?" sagte der Kurat, und wandte sich zum Vikar um, als dieser die Tür des Arbeitszimmers schloß.

„Welche Frau?"

„Pah!"

„Aber wirklich!"

„Dieses geschminkte Geschöpf, das nur leicht bekleidet war – widerwärtig leicht bekleidet, um es offen zu sagen – mit dem Sie durch den Garten promeniert sind."

„Mein lieber Mendham – das war ein Engel!"

„Ein sehr schöner Engel?"

„Die Welt wird so prosaisch", sagte der Vikar.

„Die Welt", brüllte der Kurat, „wird jeden Tag schlechter. Aber daß ein Mann in Ihrer Stellung so schamlos, so offen . . ."

„*Zum Teufel!*" sagte der Vikar leise zur Seite gekehrt. Er fluchte selten. „Schauen Sie, Mendham, Sie irren sich wirklich. Ich kann Ihnen versichern . . ."

„Sehr gut", sagte der Kurat. „Erklären Sie!" Er stand mit leicht auseinandergespreizten Beinen und verschränkten Armen da und blickte finster aus seinem großen Bart auf den Vikar.

(Erklärungen, das wiederhole ich, habe ich immer als typischen Trugschluß dieses wissenschaftlichen Zeitalters betrachtet.)

Der Vikar blickt sich hilflos um. Die ganze Welt war dumpf und öde geworden. Hatte er den ganzen Nachmittag geträumt? War wirklich ein Engel im Salon? Oder war er das Opfer einer verwirrenden Sinnestäuschung?

„Nun?" fragte Mendham, als eine Minute vergangen war.

Die Hand des Vikars fuhr zitternd über das Kinn. „Es ist eine so langwierige Geschichte", sagte er.

„Zweifellos", sagte Mendham schroff.

Der Vikar unterdrückte ein ungeduldiges Aufbrausen.

„Ich habe diesen Nachmittag nach einem seltsamen Vogel Ausschau gehalten . . . Glauben Sie an Engel, Mendham, an richtige Engel?"

„Ich bin nicht hier, um über theologische Fragen zu diskutieren. Ich bin der Ehemann einer beleidigten Frau."

„Aber ich versichere Ihnen, es geht nicht um eine Redensart: es geht *wirklich* um einen Engel, einen richtigen Engel mit Flügeln. Er ist jetzt im Zimmer nebenan. Sie mißverstehen mich vollkommen . . ."

„Wirklich, Hillyer . . ."

„Es ist wahr, ich versichere Ihnen, Mendham. Ich schwöre, daß es wahr ist." Die Stimme des

Vikars wurde eindringlich. „Ich weiß nicht, welche Sünde ich begangen habe, daß ich Engel als Besucher bewirten und einkleiden muß. Ich weiß nur, daß ich – wie ungelegen das zweifellos auch ist – jetzt einen Engel im Salon habe, der meinen neuen Anzug trägt und eben seinen Tee austrinkt. Und er ist, ohne sich genauer zu äußern, auf meine Einladung hin bei mir geblieben. Zweifellos war es voreilig von mir. Aber ich kann ihn ja nicht wegjagen, verstehen Sie, nur weil Mrs. Mendham ... Mag sein, daß ich ein Schwächling bin, aber ich bin noch immer ein Ehrenmann.“

„Wirklich, Hillyer . . .“

„Ich versichere Ihnen, daß es wahr ist.“

Ein Unterton von hysterischer Verzweiflung lag in der Stimme des Vikars. „Ich habe auf ihn geschossen, weil ich ihn für einen Flamingo gehalten habe, und seinen Flügel getroffen.“

„Ich habe gedacht, das sei ein Fall für den Bischof. Nun sehe ich aber, daß es ein Fall für das Irrenhaus ist.“

„Sehen Sie sich ihn an, Mendham!“

„Aber es *gibt* keine Engel.“

„Wir erzählen den Leuten das Gegenteil“, sagte der Vikar.

„Nicht in körperhafter Gestalt“, erwiderte der Kurat.

„Wie dem auch sei, sehen Sie sich ihn an.“

„Ich will Ihre Halluzinationen nicht sehen“, begann der Kurat.

„Ich kann überhaupt nichts erklären, solange Sie

ihn nicht sehen", sagte der Vikar. „Etwas Engelhafteres gibt es weder im Himmel noch auf Erden. Sie müssen ihn einfach sehen, um es zu verstehen."

„Ich will es gar nicht verstehen", sagte der Kurat. „Ich will mich nicht für einen Betrug hergeben. Sicher, Hillyer, wenn das nicht ein Betrug ist, dann können Sie es mir auch sagen . . . Flamingo, ja!"

## 16

Der Engel hatte seinen Tee ausgetrunken und schaute nun nachdenklich aus dem Fenster. Er fand die alte Kirche unten im Tal, die von den Strahlen der untergehenden Sonne gestreift wurde, sehr schön, aber mit den dichtgedrängten Grabsteinreihen, die sich drüben auf den Hügel hinaufzogen, konnte er nichts anfangen. Als Mendham und der Vikar hereinkamen, drehte er sich um.

Nun, Mendham konnte seinen Vikar gewiß ziemlich tyrannisieren, ebenso wie er seine Kirchengemeinde tyrannisieren konnte; aber er war nicht der Typ eines Menschen, der einen Fremden tyrannisiert. Er erblickte den Engel und ließ die Theorie von der „seltsamen Frau" fallen. Die Schönheit des Engels war zu offensichtlich die eines Jünglings.

„Mr. Hillyer erzählt mir", begann Mendham in beinahe entschuldigendem Ton, „daß Sie – ah – es ist so komisch – ein Engel sein wollen."

„*Sind*", sagte der Vikar.

Der Engel verbeugte sich.

„Natürlich", sagte Mendham, „sind wir neugierig."

„Sicher", sagte der Engel. „Die Schwärze und die Form."

„Wie bitte?" sagte Mendham.

„Die Schwärze und die Rockschöße", wiederholte der Engel, „und keine Flügel."

„Ganz recht", sagte Mendham, der nun gänzlich in Verlegenheit geriet. „Wir sind natürlich neugierig, zu erfahren, wie Sie in solch eigentümlicher Kleidung in dieses Dorf gekommen sind."

Der Engel blickte den Vikar an. Der Vikar faßte sich ans Kinn.

„Wissen Sie", begann der Vikar.

„Lassen Sie *ihn* erklären", sagte Mendham, „ich bitte darum."

„Ich wollte andeuten", begann der Vikar.

„Und ich will nicht, daß Sie andeuten."

„Zum Teufel!" sagte der Vikar.

Der Engel blickte von einem zum anderen. „Eure Gesichter sind plötzlich so voller Falten!" sagte er.

„Sehen Sie, Mr. – Mr. – Ich kenne Ihren Namen nicht", sagte Mendham, nun schon weniger verbindlich. „Es geht um folgendes: Meine Frau – vier Damen, möchte ich sagen –, spielen Rasentennis, als Sie plötzlich auf sie losstürzen, Sir; sie stürzen sehr spärlich bekleidet aus den Rhododendren auf sie los. Sie und Mr. Hillyer."

„Aber ich . . .", sagte der Vikar.

„Ich weiß. Es war die Bekleidung dieses Herrn, die unvollständig war. Selbstverständlich steht es mir zu – ist es eigentlich meine Aufgabe –, eine Erklärung zu verlangen."

Der Engel lächelte ein wenig über seinen aufstei-

genden Zorn und über die plötzliche Entschlossenheit – die Arme fest verschränkt.

„Diese Welt ist für mich ziemlich neu", begann
der Engel.

„Mindestens neunzehn Jahre", sagte Mendham.
„Alt genug, um es besser wissen zu können. Das ist
eine unzureichende Entschuldigung."

„Darf ich zuerst eine Frage stellen?" sagte der
Engel.

„Bitte!"

„Glaubst du, ich sei ein Mensch – so wie du?
Wie dies auch der karierte Mann getan hat."

„Wenn Sie kein Mensch sind . . ."

„Eine weitere Frage. Hast du *jemals* etwas von
Engeln gehört?"

„Ich warne Sie davor, diese Geschichte auch bei
mir zu versuchen", sagte Mendham, der jetzt
wieder bei seiner vertrauten, ständig wachsenden
Lautstärke angelangt war.

Der Vikar unterbrach ihn: „Aber Mendham – er
hat Flügel!"

„*Bitte,* lassen Sie mich mit ihm sprechen", sagte
Mendham.

„Du bist so seltsam", sagte der Engel, „du
unterbrichst mich bei jedem Satz."

„Aber was *haben* Sie zu sagen?" sagte Mendham.

„Daß ich ein Engel *bin* . . ."

„Bah!"

„Schon wieder!"

„Aber sagen Sie mir ehrlich, wie Sie dazu
kommen, sich im Gebüsch des Pfarrhauses von

Siddermorton aufzuhalten – in dem Zustand, in dem Sie waren, und in Gesellschaft des Vikars? Können Sie von dieser lächerlichen Geschichte nicht abgehen . . .?"

Der Engel zuckte seine Flügel. „Was ist mit diesem Mann los?" fragte er den Vikar.

„Lieber Mendham", sagte der Vikar, „darf ich einiges erklären . . ."

„Sicher ist meine Frage eindeutig genug!"

„Aber du akzeptierst nur die Antwort, die du hören willst, und es ist sinnlos, dir eine andere zu geben."

„Pah!" sagte der Kurat wieder. Und dann, sich plötzlich an den Vikar wendend: „Wo kommt er her?"

Der Vikar befand sich gerade in schrecklichen Zweifeln.

„Er *sagt,* er sei ein Engel!" sagte der Vikar.

„Warum hören Sie ihm nicht zu?"

„Kein Engel würde vier Damen in Schrecken versetzen . . ."

„Ist es *das,* worum es geht?" sagte der Engel.

„Das genügt wohl, würde ich meinen!" sagte der Kurat.

„Aber ich habe es wirklich nicht gewußt", sagte der Engel.

„Das ist einfach zu viel!"

„Es tut mir aufrichtig leid, daß ich diese Damen in Schrecken versetzt habe."

„Das soll Ihnen auch leid tun. Aber ich sehe schon, ich werde aus Ihnen beiden nichts herausbekommen." Mendham ging zur Tür. „Ich bin überzeugt, daß an dieser Sache irgend etwas von Grund auf faul ist. Warum sonst erzählt man keine einfache, leicht verständliche Geschichte? Ich gebe zu, daß Sie mich verwirren. Warum Sie mir in diesem aufgeklärten Zeitalter eine so phantastische, an den Haaren herbeigezogene Geschichte von einem Engel erzählen, geht über meinen Verstand. Wozu *soll* das gut sein . . .?

„Aber warten Sie, sehen Sie sich seine Flügel an!" sagte der Vikar. „Ich kann Ihnen versichern, er hat Flügel!"

Mendham hatte die Finger am Türgriff. „Ich habe schon genug gesehen", sagte er. „Vielleicht ist das einfach ein törichter Versuch eines Schwindels, Hillyer."

„Aber Mendham!" sagte der Vikar.

Der Kurat blieb am Eingang stehen und blickte den Vikar über die Schulter an. Das abschließende Urteil einer monatelangen Erfahrung fand Ausdruck: „Hillyer, ich kann nicht verstehen, weshalb Sie in der Kirche sind. Bei Gott, ich kann es nicht verstehen. Viele Dinge liegen in der Luft: gesellschaftliche Umwälzungen, wirtschaftliche Veränderungen, die Frauenbewegung, Knickerbocker, die Wiedervereinigung des Christentums, Sozialismus, Individualismus – all diese brennenden Fragen der Zeit! Sicher, wir, die dem Großen Reformator folgen . . . Und Sie stopfen Vögel aus und erschrekken in stumpfer Gleichgültigkeit Damen . . ."

„Aber Mendham", begann der Vikar.

Der Kurat wollte ihn nicht anhören. „Sie machen mit Ihrer Leichtfertigkeit den Aposteln Schande . . . Aber das ist erst eine vorläufige Ermittlung", sagte er mit drohendem Unterton in seiner sonoren Stimme, und damit verschwand er jäh unter heftigem Zuschlagen der Tür aus dem Zimmer.

# 17

„Sind *alle* Menschen so seltsam wie er?" fragte der Engel.

„Ich bin in einer derart schwierigen Lage", sagte der Vikar. „Verstehen Sie", er hielt inne und griff sich ans Kinn – er suchte nach einer Idee.

„Allmählich verstehe ich", sagte der Engel.

„Sie werden es nicht glauben."

„Ich verstehe das."

„Sie werden denken, ich lüge."

„Und?"

„Das wird mir außerordentlich peinlich sein."

„Peinlich . . .! Pein? Schmerz?" sagte der Engel. „Hoffentlich nicht."

Der Vikar schüttelte seinen Kopf. Das gute Ansehen des Dorfes war bisher sein ganzer Lebensinhalt gewesen. „Wissen Sie", sagte er, „es wäre um so vieles glaubwürdiger, wenn Sie sagten, Sie wären nur ein Mensch."

„Aber ich bin keiner", sagte der Engel.

„Nein, Sie sind keiner", gab der Vikar zu. „Das geht also nicht."

„Wissen Sie, keiner hier hat jemals einen Engel gesehen oder von einem gehört – außer in der Kirche. Wenn Sie Ihr *Debut* vor dem Altar gegeben hätten – am Sonntag –, dann wäre es wahrscheinlich anders gewesen. Aber dafür ist es nun zu spät . . . *Zum Teufel!* Niemand, absolut niemand, wird an Sie glauben.‟

„Ich hoffe, ich mache dir keine Unannehmlichkeiten?‟

„Durchaus nicht‟, sagte der Vikar, „durchaus nicht. Nur . . . Natürlich kann es unangenehm werden, wenn Sie eine allzu unglaubwürdige Geschichte erzählen. Wenn ich vorschlagen dürfte, *hm* . . .‟

„Nun?‟

„Wissen Sie, die Leute werden Sie, da sie selbst Menschen sind, fast sicher als einen Menschen betrachten. Wenn Sie behaupten, Sie seien keiner, werden sie ganz einfach sagen, daß Sie nicht die Wahrheit reden. Nur außergewöhnliche Leute schätzen das Außergewöhnliche richtig ein. Man muß mit den Wölfen – nun, ein wenig auf die Wölfe eingehen – mit ihnen heulen. Sie werden sehen, daß es besser ist . . .‟

„Du legst mir nahe, ich solle mich als Mensch geben?‟

„Sie haben mich ganz richtig verstanden.‟

Der Engel starrte auf die Stockrosen des Vikars und überlegte.

„Vielleicht‟, sagte er langsam, „werde ich doch ein Mensch. Es war vielleicht etwas voreilig, zu sagen, daß ich keiner bin. Du sagst, es gibt in dieser Welt keine Engel. Wer bin ich, daß ich mich deiner Erfahrung widersetze. Nichts als das bloße Geschöpf eines Tages – was diese Welt angeht.

Wenn du sagst, es gibt keine Engel – muß ich klarerweise etwas anderes sein. Ich esse – Engel essen nicht. *Vielleicht* bin ich schon ein Mensch."

„Ein brauchbarer Standpunkt, auf jeden Fall", sagte der Vikar.

„Wenn er dir brauchbar erscheint . . ."

„Sicher. Und außerdem, um Ihre Anwesenheit hier zu erklären."

„Wenn", fuhr der Vikar nach einem Augenblick des Zögerns fort, „wenn Sie zum Beispiel ein gewöhnlicher Mensch gewesen wären, mit einer Schwäche dafür, im Wasser zu waten, und Sie wären im Sidder herumgewatet, Ihre Kleider wären gestohlen worden, zum Beispiel, und ich wäre in dieser unangenehmen Situation auf Sie gestoßen, so wäre der Erklärung, die ich Mr. Mendham geben werden muß – wenigstens der Anstrich des Übernatürlichen genommen. Heutzutage bringt man dem Übernatürlichen so viel Vorbehalte entgegen – sogar auf der Kanzel. Sie würden gar nicht glauben . . ."

„Schade, daß das nicht der Fall war", sagte der Engel.

„Natürlich", sagte der Vikar. „Es ist sehr schade, daß das nicht der Fall war. Aber jedenfalls würden Sie mir einen Gefallen tun, wenn Sie Ihr Engelswesen nicht zur Geltung brächten. Sie würden in der Tat jedem dadurch einen Gefallen erweisen. Es hat sich die feste Überzeugung durchgesetzt, daß Engel derartige Dinge nicht tun. Und nichts ist peinlicher – das kann ich beschwören –, als wenn eine feste Überzeugung ins Wanken gerät . . . Feste Überzeugungen sind in mehrerer Hinsicht geistige Stützen. Was mich betrifft", der Vikar fuhr sich kurz mit der Hand über die Augen, „ich kann nicht umhin, zu glauben, daß Sie ein Engel sind . . . Ich kann doch wohl meinen Augen trauen."

„Wir tun immer das, was wir für richtig halten", sagte der Engel.

„Wir auch, in bestimmten Grenzen."

Da schlug die Uhr auf dem Kaminmantel sieben, und beinahe gleichzeitig kündigte Mrs. Hinijer das Dinner an.

## 18

Der Engel und der Vikar saßen beim Dinner. Der Vikar, der die Serviette in den Kragenausschnitt gesteckt hatte, beobachtete den Engel, wie er mit seiner Suppe kämpfte. „Sie werden das bald beherrschen", sagte der Vikar. Das Hantieren mit Messer und Gabel wurde unbeholfen, aber wirkungsvoll erledigt. Der Engel sah Delia, das kleine Kammermädchen, verstohlen an. Als sie bald darauf Nüsse knackten – was der Engel recht vergnüglich fand –, fragte der Engel: „War das auch eine Dame?"

„Na ja", sagte der Vikar *(krach)*. „Nein – sie ist keine Dame. Sie ist ein Dienstmädchen."

„Ah, ja", sagte der Engel, „sie hatte auch eine viel hübschere Figur."

„Das dürfen Sie Mrs. Mendham nicht sagen", sagte der Vikar und empfand eine heimliche Befriedigung.

„Ihre Schultern und Hüften waren nicht so eckig, und sie hatte dazwischen mehr. Und die Farbe ihres Kleides war nicht schreiend – einfach neutral. Und ihr Gesicht . . ."

„Mrs. Mendham und ihre Töchter haben Tennis gespielt", sagte der Vikar, der das Gefühl hatte, er dürfe dieser Herabsetzung nicht zuhören, nicht

einmal, wenn sie seinen Todfeind betraf. „Schmek-
ken Ihnen diese Sachen – diese Nüsse?"

„Sehr", sagte der Engel. *Krach.*

„Wissen Sie", sagte der Vikar mampfend, „was
mich betrifft, so glaube ich durchaus, daß Sie ein
Engel sind."

„Ja!" sagte der Engel.

„Ich habe Sie abgeschossen – ich habe Sie
flattern gesehen. Das steht außer Zweifel. Jedenfalls
für mich. Ich gebe zu, es ist seltsam und gegen
meine bisherige Auffassung, aber – faktisch – bin
ich überzeugt, wirklich vollkommen überzeugt,
daß ich eben das gesehen habe, was ich zweifellos
gesehen habe. Aber dem Verhalten dieser Leute
zufolge . . . *krach* . . . Ich weiß wirklich nicht, wie wir
die Leute überzeugen sollen. Heutzutage sind Leute
was Beweise anlangt so überaus wählerisch. Deshalb, fürchte ich, bedarf es einer ganzen Menge
Erklärungen für die Haltung, die Sie einnehmen.
Vorläufig wenigstens bin ich der Ansicht, daß es
am besten für Sie ist, sich so wie besprochen zu
verhalten, und sich, so weit es geht, wie ein Mensch
zu benehmen. Man weiß natürlich nicht, wie oder
wann Sie zurückkehren können. Nach allem, was
geschehen ist" – *(gluck, gluck, gluck)* – der Vikar
füllt sein Glas neu – „nach allem, was geschehen
ist, wäre ich nicht überrascht, würde ich eine Seite
des Zimmers verschwinden und die Himmelsscha-
ren erscheinen sehen, um Sie wieder wegzuholen –
sogar uns beide wegzuholen. Sie haben meine
Phantasie so sehr gesteigert. All die Jahre habe ich

das Wunderland schon vergessen gehabt. Aber dennoch – es wird sicher klüger sein, sie behutsam daran zu gewöhnen."

„Euer Leben", sagte der Engel. „Ich tappe noch immer im dunkeln. Wie fängt es mit euch an?"

„Du meine Güte!" sagte der Vikar. „Daß man das einmal erklären muß! Wir beginnen unser Dasein hier, verstehen Sie, als Säuglinge, törichte, rosafarbene, hilflose Dinger, weiß eingewickelt, mit glotzenden Augen, als Säuglinge, die beim Taufstein jämmerlich heulen. Dann werden diese Säuglinge größer und sogar schön – wenn ihre Gesichter sauber sind. Und sie wachsen weiter, bis sie eine bestimmte Größe erreicht haben. Sie werden zu Kindern, Jungen und Mädchen, Jünglingen und Jungfrauen *(krach),* jungen Männern und jungen Frauen. Das ist die schönste Zeit des Lebens, behaupten viele – sicherlich die herrlichste. Voll großer Hoffnungen und Träume, unbestimmter Gefühle und unerwarteter Gefahren."

„*Das* war eine Jungfrau?" sagte der Engel und zeigte auf die Tür, durch die Delia verschwunden war.

„Ja", sagte der Vikar, „das war eine Jungfrau." Und hielt nachdenklich inne.

„Und dann?"

„Dann", sagte der Vikar, „verblaßt der Zauber, und der Ernst des Lebens beginnt. Die jungen Männer und jungen Frauen heiraten – meistens. Sie kommen schüchtern und verschämt zu mir, in eleganten, häßlichen Kleidern, und ich traue sie.

Und dann kommen kleine, rosafarbene Säuglinge zu ihnen, und einige von denen, die da zuvor Jünglinge und Jungfrauen waren, werden dick und vulgär, und einige werden dünn und zänkisch, und ihr schönes Aussehen vergeht, und sie betrachten jüngere Leute mit einem überlegenen Dünkel, und die ganze Freude und Herrlichkeit verschwindet aus ihrem Leben. Deshalb nennen sie die Freude und Pracht der Jüngeren Illusion. Und dann beginnt der Zerfall.‚‚

„Der Zerfall!" sagte der Engel. „Wie grotesk!"

„Ihre Haare fallen aus, und die Haarfarbe wird matt oder aschgrau", sagte der Vikar. „Ich, zum Beispiel." Er neigte seinen Kopf, um einen kreisrunden, glänzenden Fleck in der Größe eines Guldens zu zeigen. „Und ihre Zähne fallen aus. Ihre Gesichter fallen ein, werden faltig und trocken wie ein geschrumpfter Apfel. ‚Runzelig' hast du meines genannt. Sie kümmern sich immer mehr darum, was sie zu essen und zu trinken haben, und immer weniger um die anderen Freuden des Lebens. Ihre Gliedmaßen werden in den Gelenken locker, und ihre Herzen werden schwach, oder kleine Teile ihrer Lungen werden ausgehustet. Schmerz . . .‚‚

„Ah!" sagte der Engel.

„Schmerz tritt immer häufiger in ihr Leben. Und dann gehen sie. Sie gehen nicht gerne, aber sie müssen – hinaus aus dieser Welt, sehr widerwillig, ja in ihrem Verlangen zu bleiben, nehmen sie sogar den Schmerz dieser Welt in Kauf . . .‚‚

„Wohin gehen sie?"

„Früher habe ich noch geglaubt, es zu wissen. Aber jetzt, da ich älter bin, weiß ich, daß ich es nicht weiß. Es gibt bei uns eine Legende – vielleicht ist es keine Legende. Es kann einer ein Geistlicher sein und nicht glauben. Stokes sagt, es habe nichts für sich ..." Der Vikar schüttelte seinen Kopf über den Bananen.

„Und du?" sagte der Engel. „Warst du auch ein kleiner rosafarbener Säugling?"

„Vor langer Zeit war ich ein kleiner, rosafarbener Säugling."

„Warst du damals so wie heute in eine Robe gekleidet?"

„O nein! Du meine Güte! Welch sonderbarer Gedanke! Hatte lange, weiße Kleider, vermute ich, wie die anderen."

„Und dann warst du ein kleiner Bub?"

„Ein kleiner Bub."

„Und dann ein prächtiger junger Mann?"

„Ich fürchte, ich war kein sehr prächtiger junger Mann. Ich war kränklich und zu arm, um eindrucksvoll zu sein, und hatte ein furchtsames Herz. Ich studierte hart und saß brütend über den letzten Gedanken von Männern, die lange schon tot waren. So verlor ich an Prächtigkeit, und keine Jungfrau kam zu mir, und die Trübsal des Lebens begann allzu bald."

„Und hast du kleine, rosafarbene Säuglinge?"

„Keinen einzigen", sagte der Vikar mit einer kurzen, merkbaren Pause. „Dennoch beginne ich, wie Sie sehen, zu zerfallen. Mein Rücken wird schon krumm wie ein verwelkender Blumenstengel. Und in einigen tausend Tagen wird es mit mir aus sein, und ich werde aus dieser Welt gehen ... Wohin, weiß ich nicht."

„Und du mußt jeden Tag so essen?"

„Essen und Kleider besorgen und dieses Dach über mir erhalten. Es gibt einige unangenehme Dinge auf dieser Welt, man nennt sie Kälte und Regen. Und für die anderen Leute hier – wie und warum ist zu kompliziert, um es zu erklären – bin ich zu einem festen Bestandteil ihres Lebens geworden. Sie bringen ihre kleinen, rosafarbenen Säuglinge zu mir, und ich muß jedem neuen, rosafarbenen Säugling einen Namen geben und einiges andere zu ihm sagen. Und wenn die Kinder zu Jugendlichen herangewachsen sind, kommen sie wieder und werden konfirmiert. Sie werden das später besser verstehen. Dann, bevor sie sich zu Paaren zusammenschließen und eigene rosafarbene Säuglinge haben dürfen, müssen sie wieder kommen und müssen mir zuhören, wie ich aus einem Buch lese. Andernfalls würden sie ausgestoßen sein, und keine andere Frau würde mit der jungen Frau sprechen, die einen kleinen, rosafarbenen Säugling hat, noch ehe ich vor ihr zwanzig Minuten aus meinem Buch gelesen habe. Das ist notwendig, wie Sie noch sehen werden. So seltsam es Ihnen vielleicht auch erscheinen mag. Und nachher, wenn sie zerfallen, versuche ich, sie von einer seltsamen Welt zu überzeugen, an die ich kaum selbst glaube, in der das Leben völlig anders ist als das, was sie gewohnt waren – oder wünschen. Und am Ende begrabe ich sie und lese denen, die bald in das unbekannte Land folgen werden, aus meinem Buch vor. Ich stehe am Anfang, am Höhepunkt und am Ende ihres Lebens. Und an jedem siebten Tag spreche ich, der ich selbst ein Mensch bin, ich, der nicht weiter sieht als sie, zu ihnen vom kommenden Leben – dem Leben, von dem wir nichts wissen. Wenn es solch ein Leben überhaupt gibt. Und während ich meine Prophezeiungen verkünde, zerfalle ich ganz allmählich."

„Ein seltsames Leben!" sagte der Engel.

„Ja", sagte der Vikar. „Was für ein seltsames Leben! Aber das Seltsame daran ist für mich neu. Ich habe alles als selbstverständlich hingenommen, bis Sie in mein Leben getreten sind."

„Unser Leben ist so zäh", sagte der Vikar. „Mit seinen kleinen Nöten, seinen kurzen Freuden *(krach)* umschlingt es unsere Seelen. Während ich meinen Leuten von einem anderen Leben predige, geben sich manche irgendeiner Begierde hin, überlassen sich dem Genuß, andere – die alten Menschen – schlummern, die jungen Männer werfen ein Auge auf die jungen Frauen, die erwachsenen Männer zeigen stolz ihre weißen Westen und Goldketten, nichts als Gepränge irdischer Eitelkeit, ihre Frauen zeigen einander prahlerisch ihre auffälligen Kapotthüte. Und ich fahre fort, ihnen die Ohren vollzureden von Dingen, die unsichtbar und fern sind. – ‚Kein Auge hat es geschaut', lese ich, ‚kein Ohr es gehört, noch hat es der Geist eines

Menschen je empfangen', und wenn ich aufblicke, ertappe ich einen erwachsenen Mann mit einer unsterblichen Seele dabei, wie er gerade die Paßform von Handschuhen zu drei Shilling sechs Pennys bewundert. Jahr für Jahr dieselbe Enttäuschung. Als ich in meiner Jugend kränklich war, fühlte ich beinahe mit prophetischer Gewißheit, daß unter dieser Welt von Trugbildern eine wirkliche Welt ist – die zeitüberdauernde Welt des ewigen Lebens. Aber nun . . .''

Er blickte auf seine rundliche, weiße Hand und betastete den Stiel seines Glases. ,,Ich habe Fett angesetzt seit damals'', sagte er. *(Pause.)*

,,Ich habe mich sehr verändert, weiter entwickelt. Der Kampf des Fleisches mit dem Geist quält mich nicht mehr so wie früher. Mit jedem Tag verliere ich das Vertrauen in die Religion, noch mehr in Gott. Ich führe, fürchte ich, ein stilles Leben, mit leidlich erfüllten Pflichten, mit einem bißchen Ornithologie und einem bißchen Schach, einem bißchen mathematischer Spielerei. Mein Leben ist in Seinen Händen . . .''

Der Vikar seufzte und wurde nachdenklich. Der Engel beobachtete ihn, und seine Augen verdunkelten sich in Ratlosigkeit. ,,Gluck, gluck, gluck'', machte die Karaffe, als der Vikar sein Glas wieder füllte.

## 19

So speiste der Engel und sprach mit dem Vikar,
und bald brach die Nacht herein, und ein Gähnen
übermannte ihn plötzlich.

„Aaah – oh!" sagte der Engel plötzlich. „Du
meine Güte! Eine höhere Macht schien plötzlich
meinen Mund aufzureißen und ein gewaltiger
Luftstrom schoß meine Kehle hinunter."

„Sie haben gegähnt", sagte der Vikar. „Gähnt
man im Land der Engel nie?"

„Nie", sagte der Engel.

„Und doch sind Sie unsterblich! – Ich vermute,
Sie wollen zu Bett gehen."

„Bett!" sagte der Engel. „Wo ist das?"

So erklärte ihm der Vikar Dunkelheit und die
Kunst des Zubettgehens. Es hat den Anschein, als
schliefen die Engel nur, um zu träumen, und sie
träumen, indem sie wie die Naturvölker die Stirn
auf die Knie legen. Und sie schlafen mitten in den
weißen Mohnwiesen in der Hitze des Tages. Der
Engel fand die Schlafzimmereinrichtung ziemlich
merkwürdig.

„Warum steht alles auf großen Holzbeinen?"
sagte er. „Du hast einen Fußboden, und dann
stellst du alles auf vier hölzerne Beine. Weshalb?"
Der Vikar erklärte es mit philosophischer Ver-

schwommenheit. Der Engel verbrannte sich einen Finger an der Kerzenflamme – und zeigte eine völlige Unkenntnis über Ursachen und Wirkungen einer Verbrennung. Er war lediglich entzückt, als eine Feuerzunge die Vorhänge hinaufschoß. Der Vikar mußte nach dem Löschen der Flamme einen Vortrag über Feuer halten. Er hatte alle möglichen Erklärungen zu geben – sogar die Seife mußte erklärt werden. Es dauerte eine Stunde oder länger, ehe der Engel für die kommende Nacht sicher in die Decke gehüllt war.

„Er ist sehr schön", sagte der Vikar, als er, ziemlich erschöpft, die Treppe hinabstieg; „und er ist zweifellos ein wirklicher Engel. Aber ich fürchte, er wird trotzdem große Probleme machen, bis er sich an die irdische Beschaffenheit der Dinge gewöhnt hat."

Er schien recht beunruhigt. Er schenkte sich noch ein Glas Sherry ein, bevor er den Wein in das Flaschenregal zurückstellte.

## 20

Der Kurat stand vor dem Spiegel und entledigte sich feierlich des Hemdkragens.

„Ich habe niemals eine phantastischere Geschichte gehört", sagte Mrs. Mendham vom Korbsessel aus. „Der Mann muß verrückt sein. Bist du sicher . . ."

„Vollkommen, meine Liebe. Ich habe dir jedes Wort, jede Einzelheit erzählt . . ."

„Nun ja!" sagte Mrs. Mendham und breitete ihre Arme aus. „Es ergibt keinen Sinn."

„Ganz recht, meine Liebe."

„Der Vikar", sagte Mrs. Mendham, „muß verrückt sein."

„Dieser Bucklige ist sicher eines der seltsamsten Geschöpfe, das ich seit langem gesehen habe. Er sieht fremdländisch aus, hat ein breites helles Gesicht und langes braunes Haar . . . Es mag schon seit Monaten nicht mehr geschnitten worden sein!" Der Kurat legte seine Kragenknöpfe sorgfältig auf den Frisiertisch. „Seine Augen hatten irgendwie einen starren Blick, und sein Lächeln war etwas einfältig. Eine recht töricht aussehende Person. Verweichlicht."

„Aber wer *kann* er sein?" sagte Mrs. Mendham.

„Ich habe keine Ahnung, meine Liebe. Ich weiß

auch nicht, woher er gekommen ist. Er könnte ein Chorknabe oder so etwas sein."

„Aber was hätte er im Gebüsch zu suchen . . . in diesem schrecklichen Gewand?"

„Ich weiß es nicht. Der Vikar hat mir keine Erklärung gegeben. Er sagte einfach: ‚Mendham, das ist ein Engel.'"

„Ich würde gerne wissen, ob er trinkt . . . Sie können natürlich in der Nähe der Quelle gebadet haben", stellte Mrs. Mendham eine Überlegung an. „Aber ich habe auf seinem Arm keine anderen Kleider bemerkt."

Der Kurat setzte sich auf sein Bett und schnürte seine Stiefel auf.

„Es ist mir ein völliges Rätsel, meine Liebe." (Schnalz, schnalz von den Schuhbändern.) „Halluzination ist die einzige nachsichtige . . ."

„Bist du sicher, George, daß es *keine* Frau war."

„Vollkommen", sagte der Kurat.

„Ich weiß selbstverständlich, was Männer sind."

„Es war ein junger Mann von neunzehn oder zwanzig Jahren", sagte der Kurat.

„Ich kann es nicht begreifen", sagte Mrs. Mendham. „Du sagst, das Geschöpf hält sich im Pfarrhaus auf?"

„Hillyer ist einfach verrückt", sagte der Kurat. Er stand auf und ging durchs Zimmer zur Tür, um die Stiefel hinauszustellen. „Nach seinem Benehmen zu schließen, hat er wirklich geglaubt, daß dieser Krüppel ein Engel ist. Sind deine Schuhe draußen, Liebling?"

„Sie sind gleich neben dem Kleiderschrank", sagte Mrs. Mendham. „Weißt du, er war immer ein bißchen eigenartig. Es war immer etwas Kindliches an ihm . . . Ein Engel!"

Der Kurat blieb neben dem Feuer stehen und fingerte an seinen Hosenträgern herum. Mrs. Mendham mochte Kaminfeuer, sogar im Sommer. „Er drückt sich vor all den ernsten Fragen des Lebens und spielt immer mit irgendeiner neuen Torheit herum", sagte der Kurat. „Wahrhaftig, Engel!" Er lachte plötzlich. „Hillyer *muß* verrückt sein", sagte er.

Auch Mrs. Mendham lachte. „Selbst das erklärt den Bucklichen nicht", sagte sie.

„Der Bucklige muß auch verrückt sein", sagte der Kurat.

„Es ist die einzige Möglichkeit, es auf vernünftige Weise zu erklären", sagte Mrs. Mendham. *(Pause.)*

„Engel oder nicht", sagte Mrs. Mendham. „Ich weiß, was mir gebührt. Auch wenn der Mann gedacht hat, er *sei* in Gesellschaft eines Engels, so ist das noch lange kein Grund, sich nicht wie ein Ehrenmann zu benehmen."

„Das ist vollkommen richtig."

„Du wirst natürlich dem Bischof schreiben?"

Mendham hustete. „Nein, ich werde dem Bischof nicht schreiben", sagte Mendham. „Ich denke, es macht einen etwas verräterischen Eindruck . . . Und er hat, wie du weißt, vom letzten Brief keine Notiz genommen."

„Aber sicher . . .“

„Ich werde Austin schreiben. Vertraulich. Er wird es, wie du weißt, sicher dem Bischof erzählen. Und du darfst nicht vergessen, meine Liebe . . .“

„Daß Hillyer dich entlassen kann, meinst du. Mein Lieber, dieser Mann ist viel zu schwach! *Ich* sollte da etwas zu sagen haben. Und außerdem machst du die ganze Arbeit für ihn. Eigentlich betreuen wir die ganze Gemeinde. Ich weiß nicht, was aus den Armen würde, wenn ich nicht wäre. Sie könnten morgen schon umsonst im Pfarrhaus wohnen. Da ist diese Goody Ansell . . .“

„Ich weiß, meine Liebe“, sagte der Kurat, der sich abwandte und mit dem Entkleiden fortfuhr. „Du hast mir erst heute nachmittag von ihr erzählt.“

## 21

Und so kommt unsere Geschichte in dem kleinen Schlafzimmer unter dem Giebel ein erstes Mal an einen Ruhepunkt. Und da wir danach getrachtet haben, unsere Geschichte vor ihnen breit auszuführen, kann es vielleicht nicht schaden, kurz ein wenig zu wiederholen.

Wenn Sie zurückblicken, werden Sie bemerken, wieviel bereits getan worden ist; wir beginnen mit einem Lichtschein „keinem gleichmäßigen, sondern überall durchbrochen von sich krümmenden Blitzen, so als würden Schwerter geschwungen", und dem Klang eines gewaltigen Harfenspiels und dem Kommen eines Engels mit vielfarbigen Flügeln.

Schnell, geschickt, wie der Leser zugeben muß, wurden die Flügel gestutzt, der Heiligenschein abgenommen, die Pracht in Rock und Hose gesteckt, und der Engel aus praktischen Überlegungen heraus zu einem Menschen gemacht, der unter dem Verdacht steht, entweder ein Irrer oder ein Betrüger zu sein.

Sie haben auch gehört oder sind wenigstens in der Lage gewesen, zu beurteilen, was der Vikar und der Doktor und die Frau des Kuraten von diesem seltsamen Ankömmling dachten. Und weitere bemerkenswerte Meinungen sollen noch folgen.

Das Abendrot des sommerlichen Sonnenunter-
ganges im Nordwesten verdunkelt sich langsam,
und der Engel schläft und kehrt im Traum zurück
in die wunderbare Welt, wo es immer Licht ist und
wo jeder glücklich ist, wo einen Feuer nicht
verbrennt und Eis nicht frieren läßt; wo Bäche von
Sternenlicht durch die amarantroten Wiesen flie-
ßen, hinaus in die Meere des Friedens. Er träumt,
und es scheint ihm, als erstrahlten seine Flügel
noch einmal von tausend Farben und blitzten in
der kristallklaren Luft jener Welt, aus der er
gekommen ist.

So träumt er. Aber der Vikar liegt wach, zu
verwirrt, um zu träumen. Am meisten beunruhigen
ihn die Möglichkeiten Mrs. Mendhams; aber das
Gespräch des Nachmittags hat ihn auf seltsame
Gedanken gebracht, und er ist von einem Gefühl
beseelt, als habe er in einer undeutlichen Vision
dunkel etwas von einer bisher nicht bekannten
Wunderwelt, die über seiner Welt liegt, gesehen.
Zwanzig Jahre lang hatte er sein Dorf für das Leben
gehalten und hatte Tag für Tag sein Leben gelebt,
von seinem vertrauten Glauben, vom Getriebe der
alltäglichen Kleinigkeiten beschützt, vor allen my-
stischen Träumereien. Aber nun hatte sich in den
gewohnten Ärger mit seinem unbequemen Nach-
barn eine völlig fremde Ahnung von seltsamen
Dingen gemengt.

Etwas Beunruhigendes lag in dieser Ahnung.
Einmal verdrängte sie sogar alle anderen Überle-

gungen, und in einem Anfall von Schrecken fiel er aus dem Bett, schlug sich sehr schmerzhaft seine Schienbeine an, fand schließlich die Zündhölzer und zündete eine Kerze an, um sich wieder von der Wirklichkeit seiner eigenen vertrauten Welt zu überzeugen. Aber im ganzen gesehen bildete die Mendham-Lawine Anlaß zu vordringlicher Besorgnis. Ihre Zunge schwebte über ihm wie das Damoklesschwert. Was konnte sie über diese Sache nicht alles verbreiten, ehe ihre entrüstete Einbildungskraft zur Ruhe kam?

Und während der erfolgreiche Fänger des Seltsamen Vogels so unruhig schlief, entlud Gully von Sidderton nach einem mühevollen, erfolglosen Tag sorgfältig sein Gewehr, und Sandy Bright lag betend auf seinen Knien; das Fenster hatte er vorsorglich geschlossen. Annie Durgan schlief tief mit offenem Mund, und Amorys Mutter träumte von Wäsche, und beide hatten schon lange alles über das Thema Klang und grelles Licht gesagt. Lumpy Durgan saß aufrecht in seinem Bett, bald einzelne Töne einer Melodie summend, bald gespannt nach einem Klang lauschend, den er einmal gehört hatte und den wiederzuhören er sich sehnte. Und was den Schreiber des Anwalts in Iping Hanger betraf, so versuchte dieser Gedichte über die Angestellte eines Konditors in Portburdock zu schreiben, und der Seltsame Vogel beschäftigte ihn überhaupt nicht mehr. Aber der Pflüger, der ihn am Ende des Siddermorton Parks gesehen hatte, hatte ein blaues Auge. Das war eine der sinnfällige-

ren Folgen einer kleinen Erörterung über Vogel-
beine im „Ship" gewesen. Dies ist einer flüchtigen
Erwähnung wert, da es sich hier wahrscheinlich um
den einzig bekannten Fall dreht, wo ein Engel
Derartiges verursacht hat.

## 22

Als der Vikar den Engel holen ging, fand er ihn angezogen und aus dem Fenster gebeugt. Es war ein herrlicher Morgen, und es lag noch Tau; und das Licht der aufgehenden Sonne, das schräg um die Ecke des Hauses einfiel, streifte warm und gelb über den Bergeshang. Die Vögel in der Hecke und in den Sträuchern waren bereits recht rege. Auf dem Berghang – es war später August –, zog langsam ein Pflug seine Spur. Das Kinn des Engels ruhte auf den Händen, und er drehte sich nicht um, als der Vikar zu ihm heraufkam.

„Wie geht's dem Flügel?" sagte der Vikar.

„Ich hatte ihn ganz vergessen", sagte der Engel. „Ist das dort drüben ein Mensch?"

Der Vikar blickte hin. „Das ist ein Pflüger."

„Warum geht er so hin und her? Macht es ihm Spaß?"

„Er pflügt. Das ist seine Arbeit."

„Arbeit! Warum macht er sie? Es scheint eine eintönige Sache zu sein."

„Das ist es", gab der Vikar zu. „Aber er muß es tun, um sich seinen Lebensunterhalt zu verdienen, verstehen Sie. Um etwas zu essen zu bekommen und all diese Dinge."

„Seltsam!" sagte der Engel. „Müssen alle Menschen das machen? Mußt du es machen?"

„O nein. Er macht es für mich; macht meinen Anteil."

„Warum?" fragte der Engel.

„Oh, als Ersatz für Dinge, die ich für ihn mache, verstehen Sie. Wir haben in dieser Welt das Prinzip der Arbeitsteilung. Austausch ist kein Raub."

„Ich verstehe", sagte der Engel, während seine Augen noch immer auf den schwerfälligen Bewegungen des Pflügers ruhten.

„Was machst du für ihn?"

„Die Frage halten Sie für leicht zu beantworten", sagte der Vikar, „aber in Wirklichkeit – ist sie schwierig. Unsere gesellschaftlichen Übereinkünfte sind ziemlich kompliziert. Es ist unmöglich, all diese Dinge sofort zu erklären, vor dem Frühstück. Sind Sie nicht hungrig?"

„Ich glaube schon", sagte der Engel langsam, während er noch am Fenster war; und dann plötzlich: „Irgendwie kann ich nicht anders als glauben, daß Pflügen alles andere als Freude macht."

„Möglicherweise", sagte der Vikar, „möglicherweise wirklich. Aber das Frühstück ist fertig. Möchten Sie nicht herunterkommen?"

Widerstrebend verließ der Engel das Fenster.

„Unsere Gesellschaft", erklärte der Vikar auf der Treppe, „ist eine komplizierte Einrichtung."

„Wirklich?"

„Und sie ist so zusammengesetzt, daß einige dieses tun und einige jenes."

„Und der magere, gebeugte alte Mann schleppt sich hinter diesem schweren Blatt aus Eisen her, das von zwei Pferden gezogen wird, während wir hinuntergehen, um zu essen?"

„Ja. Sie werden sehen, daß es vollkommen gerecht ist. Ah, Pilze und verlorene Eier! Es ist das Gesellschaftssystem. Bitte setzen Sie sich. Möglicherweise halten Sie es für ungerecht?"

„Es verwirrt mich", sagte der Engel.

„Das Getränk, das ich Ihnen vorsetze, heißt Kaffee", sagte der Vikar. „Ich darf wohl sagen, daß Sie das sind. Als ich ein junger Mann war, war ich genauso verwirrt. Aber dann eröffnet sich eine weitere Perspektive. (Diese schwarzen Dinger werden Pilze genannt; sie sehen herrlich aus.) Andere Erwägungen. Alle Menschen sind Brüder, natürlich, aber einige sind jüngere Brüder, sozusagen. Es gibt Arbeiten, die Kultur und Bildung verlangen, und Arbeiten, bei denen Kultur und Bildung hinderlich wären. Und die Eigentumsrechte dürfen nicht vergessen werden. Gib dem Kaiser, was des Kaisers ist ... Wissen Sie, anstatt diese Sache jetzt zu erklären (das gehört Ihnen), werde ich Ihnen ein kleines Buch leihen (Mampf, mampf, mampf – diese Pilze sehen nicht nur gut aus), das die ganze Sache sehr verständlich auseinandersetzt."

## 23

Nach dem Frühstück ging der Vikar in den kleinen Raum neben dem Arbeitszimmer, um für den Engel ein Buch über Volkswirtschaftslehre zu finden. Denn des Engels Unwissenheit gesellschaftliche Fragen betreffend war eindeutig bodenlos. Die Tür stand halb offen.

„Was ist das?" fragte der Engel und folgte ihm.

„Eine Violine!" Er nahm sie herunter.

„Spielen Sie?" fragte der Vikar.

Der Engel hatte den Bogen in der Hand, statt einer Antwort strich er damit über die Saiten. Die Schönheit des Klanges veranlaßte den Vikar, sich plötzlich umzudrehen.

Die Hand des Engels umfaßte das Instrument. Der Bogen glitt zurück und flatterte, und eine Melodie, wie sie der Vikar nie zuvor gehört hatte, ertönte. Der Engel schob die Geige unter sein zartes Kinn und spielte weiter, und als er so spielte, fingen seine Augen zu leuchten an, und auf seinen Lippen lag ein Lächeln. Zuerst blickte er auf den Vikar, dann wurde er nachdenklich. Er schien den Vikar nicht mehr zu sehen, sondern durch ihn hindurch etwas Jenseitiges zu erblicken, etwas, das in seinem Gedächtnis oder seiner Vorstellungskraft existierte, etwas unendlich Fernes, etwas bisher nie

Geahntes . . .

Der Vikar versuchte, der Musik zu folgen. Die Weise erinnerte ihn an eine Flamme, sie jagte empor, leuchtete, flackerte und tanzte, verging und erschien wieder. Nein! – Sie erschien nicht wieder! Eine andere Weise – gleich und doch nicht gleich, schoß nach der ersten empor, taumelte, verschwand. Dann eine andere, dieselbe und nicht dieselbe. Sie erinnerte ihn an die flackernden Feuerzungen, die über einem neu entfachten Feuer schlagen und sich verändern. Es gibt zwei Weisen – oder *Motive,* welches ist es? – dachte der Vikar. Er wußte entschieden zu wenig über musikalische Techniken. Die Töne tanzen hinauf, einer jagt den anderen, lösen sich aus dem Feuer der Magie, in endloser Jagd, taumelnd, sich wandelnd, hinauf in den Himmel. Da unten brannte das Feuer, eine Flamme ohne Brennmaterial über einem ebenen Raum, und dort zwei kokettierende Schmetterlinge aus Klang, die davon wegtanzen, hinauf, einer über dem anderen, schnell, hastig, zitternd.

Kokettierende Schmetterlinge waren sie! Woran dachte der Vikar? Wo war er? Im kleinen Raum neben seinem Arbeitszimmer natürlich! Und der Engel, der vor ihm stand, lächelte ihn an, spielte die Violine und blickte durch ihn hindurch, als wäre er nur ein Fenster. Da war wieder dieses Motiv, ein gelbes Flackern, durch einen Windstoß aufgefächert, und jetzt geschlossen, dann fährt die andere in schnellen Wirbeln empor, die zwei Formen aus Feuer und Licht jagen einander wieder hoch in die klare Unendlichkeit.

Das Arbeitszimmer und die Wirklichkeiten des Lebens verblaßten plötzlich vor den Augen des Vikars, wurden immer schwächer, wie Nebel, der sich in Luft auflöst, und er und der Engel standen zusammen auf einem Gipfel aufwühlender Musik, über dem funkelnde Melodien kreisten, verschwanden und wieder auftauchten. Er war im Land der Schönheit, und noch einmal war der Glanz des Himmels auf des Engels Gesicht, und die glühende Pracht der Farben pulsierte in seinen Flügeln. Sich selbst konnte der Vikar nicht sehen. Aber ich kann Ihnen die Vision dieses großen und weiten Landes nicht schildern, nicht seine unglaubliche Weite und Höhe und Herrlichkeit. Denn es gibt dort keinen Raum wie unseren, keine Zeit, wie wir sie kennen; man muß notgedrungen in unbeholfenen Metaphern sprechen und schließlich doch voll Bitterkeit zugeben, daß man versagt hat. Und es war nur eine Vision. Die wunderbaren Geschöpfe, die durch den Äther flogen, sahen nicht, wie sie dastanden, flogen durch sie hindurch, wie durch einen Nebelschleier. Der Vikar verlor jedes Gefühl für Dauer, jedes Gefühl für Notwendigkeit . . .

„Ah!" sagte der Engel, der plötzlich die Geige niederstellte.

Der Vikar hatte das Buch über Volkswirtschaftslehre vergessen, hatte alles vergessen, als der Engel geendet hatte. Eine Minute lang saß er ganz still. Dann wachte er mit einem Ruck auf. Er saß auf der alten, eisenbeschlagenen Kiste.

„Wirklich", sagte er langsam, „Sie sind sehr geschickt."

Er blickte verwirrt um sich. „Während Sie spielten, hatte ich eine Vision. Ich sah . . . Was sah ich? Es ist fort."

Er stand auf und hatte einen Gesichtsausdruck, als sei er geblendet worden. „Ich werde nie mehr Violine spielen", sagte er. „Ich wünsche, Sie würden sie auf Ihr Zimmer nehmen – und behalten – Und mir wieder vorspielen. Ich hatte keine Ahnung von Musik, bis ich Sie spielen hörte. Ich komme mir vor, als hätte ich nie zuvor Musik gehört."

Er starrte den Engel an, dann schaute er sich im Zimmer um. „Ich habe niemals zuvor bei Musik so etwas gefühlt", sagte er. Er schüttelte den Kopf. „Ich werde nie wieder spielen."

## 24

Meiner Meinung nach war es sehr unklug vom Vikar, daß er dem Engel erlaubte, allein ins Dorf zu gehen, um seine Kenntnisse über die Menschen zu erweitern. Unklug deshalb, weil er ja die Eindrücke nicht vorausahnen konnte, die der Engel empfangen würde. Nicht ohne Hintergedanken, fürchte ich. Er hatte sich immer mit einem gewissen Anstand im Dorf bewegt, und der Gedanke an ein langsames Dahinschreiten in der kleinen Straße mit all den unvermeidlichen neugierigen Bemerkungen, Erklärungen und dem Fingerzeigen war zu viel für ihn. Der Engel könnte die seltsamsten Sachen machen, das Dorf hielt sie gewiß für seltsam. Gaffende Gesichter. „Wen hat er denn da aufgelesen?" Außerdem, war es nicht seine Pflicht, rechtzeitig seine Predigt vorzubereiten? Also ging der Engel, entsprechend unterrichtet, fröhlich allein hinunter – noch immer arglos gegen die meisten menschlichen Eigenheiten, soweit sie sich von denen der Engel unterscheiden.

Der Engel ging langsam, seine weißen Hände hinter dem gekrümmten Rücken gefaltet, sein liebliches Gesicht blickte bald hierhin, bald dorthin. Neugierig musterte er die Leute, die er traf. Ein kleines Kind, das ein Bündel Wicken und

Geißblätter pflückte, blickte ihm ins Gesicht und kam sogleich und drückte ihm die Blumen in die Hand. Es war so ungefähr die einzige Freundlichkeit, die ihm von einem menschlichen Wesen zuteil wurde (den Vikar und einen weiteren ausgenommen). Er hörte Mutter Gustick ihre Enkelin schelten, als er an der Tür vorbeiging. „Du unverschämte Hure – du!" sagte Mutter Gustick. „Du lumpiges Weibsbild, du Schlampe!"

Der Engel blieb stehen, erschrocken über die seltsamen Geräusche, die Mutter Gustick ausstieß. „Putzt dich raus, steckst die Feder an den Hut und haust ab, um diesen Kerl zu treffen, und ich rackere mich hier ab für dich. Willst die vornehme Dame spielen, mein Kind, der pure Leichtsinn bist du mit deiner Faulheit und deinem Aufputz . . ."

Die Stimme brach jäh ab, und großer Friede breitete sich in der erschütterten Luft aus. „Höchst grotesk und seltsam!" sagte der Engel, und er betrachtete noch immer dieses wunderbare Häuschen voller Mißtöne. „Purer Leichtsinn." Er wußte nicht, daß Mrs. Gustick plötzlich seine Gegenwart bemerkt hatte, und daß sie durch die Jalousie sein Aussehen musterte. Jäh flog die Tür auf, und sie starrte heraus, dem Engel ins Gesicht. Eine seltsame Erscheinung, graue und schmutzige Haare, und der Hakenverschluß des schmutzigen, rosafarbenen Kleides geöffnet, so daß der sehnige Hals sichtbar war, ein verfärbter Wasserspeier, der sogleich anfing, unverständliche Beschimpfungen herauszuspritzen.

„Und Sie, Mister", begann Mrs. Gustick. „Haben Sie nichts Besseres zu tun, als an den Türen fremder Leute zu horchen, um was aufzuschnappen?"

Der Engel starrte sie verwundert an.

„Verstehen Sie mich!" sagte Mrs. Gustick, offensichtlich tatsächlich verärgert. „Horchen."

„Hast du etwas dagegen, daß ich zuhöre . . ."

„Hast du was dagegen! Natürlich hab' ich was dagegen! Was glauben denn Sie? So ein Idiot werden Sie doch auch nicht . . ."

„Aber wenn du nicht willst, daß ich das höre, warum hast du so laut geschrien? Ich dachte . . ."

„Sie *dachten!* Ein Trottel sind Sie! Sie blöder Esel starren Gaby an und haben dabei nichts Besseres zu tun, als herzukommen und Ihr verfluchtes Maul weit aufzureißen und so viel wie möglich aufzuschnappen! Und dann hauen Sie ab und erzählen dort oben alles! Sie ausgewachsener, großköpfiger, geschwätziger Esel! Schämen würde ich mich, die Nase in das Haus anständiger Leute zu stecken und herumzuschnüffeln . . ."

Der Engel war überrascht, als er feststellte, daß irgendein unerklärliches Etwas in ihrer Stimme in ihm unangenehmste Gefühle entstehen ließ und das starke Verlangen sich zurückzuziehen. Aber er gab diesem Verlangen nicht nach und hörte höflich zu (wie das Sitte ist im Land der Engel, so lange jemand spricht). Der ganze Ausbruch ging über seine Fassungskraft. Er konnte keine Ursache für das plötzliche Hervorschnellen des keifenden Gesichtes, aus dem Nichts hervor sozusagen, erkennen. Und mit Fragen, denen keine Pause für eine Antwort folgte, hatte er überhaupt keine Erfahrung.

Mrs. Gustick fuhr in ihrem typischen Redeschwall fort, versicherte ihm, daß er kein Ehrenmann sei, erkundigte sich, ob er sich etwa gar für einen solchen halte, bemerkte, daß jeder Landstreicher heutzutage nichts anderes tue, verglich ihn mit einem arroganten Ferkel, wunderte sich über seine Unverschämtheit, fragte, ob er sich nicht schäme da zu stehen, erkundigte sich, ob er angewachsen sei, war neugierig zu wissen, was er damit bezwecke, wollte wissen, ob er diese Kleider einer Vogelscheuche geraubt habe, deutete an, daß seinem Benehmen eine unerträgliche Eitelkeit anhaftete, fragte, ob seine Mutter wisse, daß er außer Haus sei, und bemerkte endlich: „Ich weiß schon, was Ihnen Beine machen kann, mein Lieber!" Und verschwand hinter der heftig zugeschlagenen Tür.

Die Pause war für den Engel unerhört friedlich. Sein aufgescheuchter Verstand hatte Zeit, die Empfindungen zu deuten. Er ließ von dem Verbeugen und Lächeln ab und stand nur staunend da.

„Das ist ein merkwürdig schmerzhaftes Gefühl", sagte der Engel. „Beinahe schlimmer als ‚hungrig' und ganz anders. Wenn jemand Hunger hat, will er essen. Ich nehme an, sie war eine Frau. Hier mag man nicht bleiben. Ich werde lieber gehen."

Er drehte sich langsam um und ging gedankenverloren die Straße hinunter. Er hörte, wie sich die

Tür der Hütte wieder öffnete, und als er den Kopf umwandte, sah er hinter scharlachroten Stangenbohnen Mrs. Gustick mit einem dampfenden Schmortopf in der Hand, der das heiße Wasser enthielt, in dem sie den Kohl gekocht hatte.

„Gut, daß Sie abgehauen sind, Herr Hosenfledderer", schallte Mrs. Gusticks Stimme durch die zinnoberroten Blüten herunter. „Kommen Sie nicht noch einmal her und schnüffeln herum und stecken Ihre Nase in dieses Haus, sonst bring' ich Ihnen Manieren bei, verlassen Sie sich drauf!"

Der Engel blieb in beträchtlicher Verwirrung stehen. Er hatte nicht das Verlangen, wieder in Hörweite der Hütte zu kommen – kein einziges Mal. Er erfaßte die genaue Tragweite des schwarzen Topfes nicht, aber der allgemeine Eindruck war unangenehm. Da gab es nichts zu erklären.

„Das ist mein *Ernst*!" sagte Mrs. Gustick mit zunehmender Lautstärke. „Glauben Sie mir! – Das ist mein *Ernst*."

Der Engel drehte sich um und ging mit verblüfftem Gesicht weiter.

„Sie war sehr komisch", sagte der Engel. „*Sehr*. Viel komischer als der kleine Mann in Schwarz. Und es ist ihr Ernst. Aber was ihr Ernst ist, weiß ich nicht . . ." Er schwieg. „Ich denke, es ist ihnen allen etwas Ernst", sagte er bald darauf, noch immer verwirrt.

## 25

Dann kam der Engel in die Nähe der Schmiede, wo Sandy Brights Bruder gerade ein Pferd für den Fuhrmann von Upmorton beschlug. Zwei linkische Burschen standen bei der Schmiede und starrten mit einem Blick wie der eines Rindviehs auf diesen Vorgang. Als der Engel näherkam, drehten sich beide und dann auch der Fuhrmann langsam um dreißig Grad um und beobachteten sein Herannahen, ruhig und unverwandt starrend. Ihre Miene drückte unbestimmtes Interesse aus.

Der Engel war zum erstenmal in seinem Leben eingeschüchtert. Er kam näher und versuchte einen freundlichen Ausdruck in seinem Gesicht beizubehalten, einen Ausdruck, der vergeblich den steinernen, starren Blicken zu trotzen versuchte. Die Hände hatte er hinter dem Rücken. Er lächelte freundlich und schaute neugierig auf die (für ihn) unverständliche Beschäftigung des Schmiedes. Aber die vielen auf ihn gerichteten Augen schienen nach seinem Blick zu angeln. Als er versuchte, gleichzeitig in alle drei Augenpaare zu blicken, verlor der Engel etwas an Wachsamkeit und stolperte über einen Stein. Einer der Tölpel gab ein sarkastisches Husten von sich, wurde aber sogleich vom fragenden Blick des Engels in Verwirrung versetzt und stieß seinen Kumpan mit dem Ellbogen an, um seine Unsicherheit zu verbergen. Keiner sagte ein Wort, und auch der Engel sagte nichts.

Als der Engel vorüber war, summte einer der drei mit aggressivem Unterton folgende Melodie:

Dann lachten alle drei. Einer versuchte, etwas zu singen und mußte feststellen, daß seine Stimme heiser war vor lauter Schleim. Der Engel setzte seinen Weg fort.

„Wer is' der?" sagte der zweite Bursche.

„Ping, ping, ping", machte der Hammer des Schmiedes.

„Wahrscheinlich einer von diesen Fremden", sagte der Fuhrmann aus Upmorton. „Schaut wie ein verdammter Idiot aus."

„Das is' so bei den Fremden", sagte der erste Bursche weise.

„Hat einen Höcker oder sowas ähnliches", sagte der Fuhrmann aus Upmorton. „Der Teufel soll mich holen, wenn das kein Höcker war."

Dann breitete sich wieder heilsames Schweigen aus, und sie nahmen wieder die stille, ausdruckslose Betrachtung der sich entfernenden Gestalt des Engels auf.

„Schaut nach 'nem Höcker aus", sagte der Fuhrmann nach einer endlosen Pause.

## 26

Der Engel ging weiter durch das Dorf und fand
alles recht erstaunlich. „Sie nehmen einen Anfang,
und nach einer kurzen Weile geht es mit ihnen
wieder zu Ende", sagte er verwirrt zu sich. „Aber
was machen Sie in der Zwischenzeit?"

Einmal hörte er irgendeinen unsichtbaren Mund
zu der Melodie, die der Mann bei der Schmiede
gesummt hatte, einen unverständlichen Text singen.

„Das ist das arme Geschöpf, das der Vikar mit
seiner großen Flinte geschossen hat", sagte Sarah
Glue (aus dem Haus Kirchensiedlung Nr. 1) und
spähte über die Jalousie.

„Er sieht so französisch aus", sagte Susan
Hopper und spähte durch die Zwischenräume
dieses für Neugierige so nützlichen Schleiers.

„Er hat hübsche Augen", sagte Sarah Glue, die
einen Augenblick seinem Blick begegnet war.

Der Engel schlenderte weiter. Der Briefträger
ging an ihm vorbei und griff grüßend an den Hut;
weiter unten schlief ein Hund in der Sonne. Er
ging weiter und sah Mendham, der zurückhaltend
sein Haupt neigte und vorbeieilte. (Der Kurat war
nicht daran interessiert, dabei gesehen zu werden,
wie er mit einem Engel im Dorf sprach, solange

man nicht mehr über ihn wußte.) Aus einem der Häuser drang der Lärm eines zornig kreischenden Kindes, was wiederum einen verwirrten Ausdruck auf dem Gesicht des Engels hervorrief. Dann erreichte der Engel die Brücke unterhalb des letzten Hauses, lehnte sich über das Brückengeländer und beobachtete den glitzernden kleinen Wasserfall, der von der Mühle herunterschoß.

„Sie nehmen einen Anfang, und nach einer kurzen Weile geht es mit ihnen wieder zu Ende", sagte das Wehr der Mühle. Das Wasser zischte unter der Brücke durch, es war grün und dunkel und schäumte.

Jenseits der Mühle erhob sich der viereckige Turm der Kirche mit dem Friedhof dahinter, ein Meer von Grabsteinen und hölzernen Namenstafeln erstreckte sich den Berg hinauf. Ein halbes Dutzend Buchen rahmte das Bild ein.

Dann hörte der Engel das Geräusch eines schleppenden Ganges und das Ächzen von Rädern hinter sich, und als er seinen Kopf wandte, sah er einen Mann, der in schmutzige braune Lumpen gekleidet war und einen Filzhut trug, der ganz grau vor Staub war. Dieser Mann stand da und schwankte leicht auf den Zehen hin und her und betrachtete mit starrem Blick den Rücken des Engels. Hinter ihm war noch ein Mann, fast genauso schmutzig, der einen Scherenschleiferkarren über die Brücke schob.

„Morgen", sagte der erste und lächelte ein wenig.

„Gut'n Morgen." Er unterdrückte einen Schluckauf.

Der Engel starrte ihn an. Er hatte nie zuvor ein wirklich albernes Lächeln gesehen. „Wer bist du?" sagte der Engel.

Das alberne Lächeln verschwand. „Geht dich nichts an, wer ich bin. Wünsch' dir 'n gut'n Morgen."

„Komm", sagte der Mann mit dem Schleifstein, und ging weiter.

„Wünsch' dir 'n gut'n Morgen", sagte der schmutzige Mann in einem Ton, der äußerste Verärgerung ausdrückte. „Auf den Mund gefallen?"

„Komm, du Schafskopf!", sagte der Mann mit dem Schleifstein, sich entfernend.

„Ich verstehe nicht", sagte der Engel.

„Nicht verstehen. Ziemlich einfach. Wünsch' dir 'n gut'n Morgen. Grüßt du jetzt? Nein? Wünsch' ihm ein' gut'n Morgen. Sollst gut'n Morgen sag'n. Tut's nicht. Werd's dir beibringen."

Der Engel war verwirrt. Der betrunkene Mann stand einen Augenblick schwankend da, dann tat er einen unsicheren Griff nach dem Hut und warf ihn dem Engel vor die Füße. „Sehr gut", sagte er wie jemand, der schwerwiegende Entscheidungen trifft.

„Komm jetzt!" war die Stimme des Mannes mit dem Schleifstein zu hören, der etwa zwanzig Meter entfernt stehengeblieben war.

„*Streiten* willst du, du . . .", der Engel verstand das Wort nicht. „Ich werd' dir zeigen, was es heißt, mich nicht zu grüßen."

Er kämpfte mit seiner Jacke. „Glaubst du, ich bin besoffen", sagte er, „ich werd' dir's zeigen." Der Mann mit dem Schleifstein setzte sich auf die Deichsel, um zuzusehen. „Los, komm", sagte er. Die Jacke machte Schwierigkeiten, und der betrunkene Mann versuchte sich unter gekeuchten Verwünschungen und Drohungen zu befreien. Langsam kam dem Engel der Verdacht, obzwar noch immer sehr vage, daß diese Äußerungen nichts Gutes bedeuten konnten. „Mutter wird dich nicht wiedererkennen, wenn ich mit dir fertig bin", sagte der betrunkene Mann, der die Jacke nun schon fast über den Kopf gestülpt hatte.

Schließlich lag das Kleidungsstück auf der Erde, und durch die zahlreichen Löcher in dem, was einmal eine Weste gewesen war, zeigte der betrunkene Kesselflicker den aufmerksamen Augen des Engels einen gutgebauten, behaarten und muskulösen Körper. An der Stellung, die er für den Boxkampf einnahm, erkannte man den Meister.

„Ich werd' dir den Putz herunterhauen", bemerkte er und tänzelte, Fäuste erhoben und Ellbogen nach außen gekehrt, vor und zurück.

„Komm", tönte es die Straße herunter.

Die Aufmerksamkeit des Engels konzentrierte sich auf zwei riesige Fäuste, die hin und her schwankten, vorstießen und zurückschnellten. „Komm nur, sagst du? Ich werd's dir zeigen", sagte der Herr in den Lumpen und fügte dann wutentbrannt hinzu: „Teufel! Ich werd' dir's zeigen."

Plötzlich torkelte er vor, und gleichzeitig machte der Engel, einem völlig neuen Instinkt folgend, einen Arm zur Abwehr erhoben, einen Schritt zur Seite, um ihm auszuweichen. Die Faust verfehlte die Schulter des Engels um Haaresbreite, und der Kesselflicker brach, das Gesicht am Brückengeländer, zusammen. Einen Augenblick lang zögerte der Engel über dem sich krümmenden, fluchenden Haufen, dann wandte er sich dem Kumpan des Mannes zu, der oben an der Straße stand. „Laß mich aufstehn", sagte der Mann auf der Brücke. „Laß mich nur aufstehn, du Schwein. Ich werd's dir zeigen."

Ein seltsames Gefühl von Ekel, ein Widerwille, der ihn beben machte, überkam den Engel. Er entfernte sich langsam von dem Trunkenbold und ging zu dem Mann mit dem Schleifstein.

„Was bedeutet das alles?" sagte der Engel. „Ich verstehe das nicht."

„Verdammter Narr! . . . sagt, er hat seine Silberne Hochzeit", antwortete der Mann mit dem Schleifstein, der offenbar sehr verärgert war; und rief dann mit wachsender Ungeduld wieder die Straße hinunter: „Komm endlich!"

„Silberne Hochzeit!" sagte der Engel. „Was ist eine Silberne Hochzeit?"

„Bloß Quatsch von ihm", sagte der Mann auf dem Karren. „Aber er hat immer solche Ausreden. Hängt einem zum Hals heraus, so was. Letzte Woche ist es sein verfluchter Geburtstag gewesen, und war kaum ausgenüchtert von einem Höflichkeitstrunk auf meinen neuen Karrn! (Komm schon, du Idiot!)"

„Aber ich verstehe nicht", sagte der Engel. „Warum schwankt er so herum? Warum versucht er dauernd, seinen Hut so aufzuheben – und verfehlt ihn?"

„*Warum!*" sagte der Kesselflicker. „Das muß eine verdammt unschuldige Gegend sein! *Warum!* Weil er blind is'! Was sonst? (Komm – verdammt!) Weil er so voll is', daß nichts mehr in ihn reingeht. Deswegen!"

Der Engel, der den Unterton in der Stimme des Kesselflickers gewahrte, hielt es für klüger, nicht weiter in ihn zu dringen. Aber er stand beim Schleifstein und fuhr fort, die geheimnisvollen Entwicklungen auf der Brücke zu beobachten.

„Komm weiter jetzt! Ich glaub', ich muß hingehn und den Hut aufheben ... Er ist immer voll. Ich hab' noch nie so einen verfluchten Partner gehabt. Immer voll, das is' er."

Der Mann mit dem Karren stellte Betrachtungen an. „Tut, wie der feine Herr, der es nicht nötig hat, Geld zu verdienen. Und so'n gedankenloser Narr, wenn er etwas trinkt. Stänkert jeden an, den er trifft. (Da komm her!) Der stänkert auch noch die Heilsarmee an. Keinen Verstand. (Jetzt, *komm* endlich! *Komm* endlich!) Jetzt muß ich wieder den verdammten Hut aufheben. Dem ist es ganz egal, was für Ärger er macht."

Der Engel beobachtete den zweiten Kesselflikker, wie er zurückging und dem ersten mit kräftigen Flüchen Jacke und Hut verpaßte. Dann machte er sich völlig verblüfft wieder in Richtung Dorf auf.

## 27

Nach diesem Zwischenfall ging der Engel an der Mühle vorbei und hinten um die Kirche herum, um die Grabsteine auf dem Friedhof zu besichtigen.

„Das scheint der Ort zu sein, wo sie die zerfallenen Überreste hingeben", sagte der Engel – und las die Inschriften. „Komisches Wort – Witwe! Resurgam! Dann ist es also noch nicht ganz aus mit ihnen. Was für riesige Haufen man braucht, um sie unten zu halten . . . Es ist mutig von ihr."

„Hawkins?" sagte der Engel sanft, . . . „*Hawkins?* Der Name ist mir fremd . . . Er ist also nicht gestorben . . . Ganz klar. – Hat sich am 17. Mai 1863 den Engelsscharen angeschlossen. Er muß sich hier herunten genauso fehl am Platze vorgekommen sein wie ich. Aber ich würde gerne wissen, warum man dieses Ding, das wie ein Topf aussieht, oben auf das Denkmal stellt. Merkwürdig! Es gibt da noch einige andere, kleine Steintöpfe mit einem Dekor aus hartem, steinernem Stoff darüber."

Gerade zur selben Zeit strömten die Jungen aus der National School, zuerst einer, dann mehrere, blieben stehen und gafften auf die gekrümmte schwarze Gestalt des Engels zwischen den weißen Grabsteinen. „Hat der einen Rücken!" stellte ein

Kritiker fest.

„Haare wie ein Mädchen!" sagte ein anderer.

Der Engel wandte sich zu ihnen um. Die durchdringenden Blicke der seltsamen kleinen Köpfe, die über die flechtenbewachsene Mauer ragten, trafen ihn. Er lächelte matt in ihre gaffenden Gesichter und drehte sich dann um, um sich über das Eisengeländer zu wundern, das das Grabmahl der Fitz-Jarvis umschloß. „Schaut nach einer seltsamen Unsicherheit aus", sagte er. „Steinplatten, Steinpfähle, diese Geländer ... Fürchten sie sich? ... Versuchen diese ‚Toten' etwa wieder aufzustehen? Es liegt so etwas von Unterdrückung über dem Ganzen – von meiner Verschwörung."

„Laß dir die Haare schneiden, laß dir die Haare schneiden", sangen drei kleine Jungen im Chor.

„Komisch sind diese Menschen!" sagte der Engel. „Dieser Mann gestern wollte meine Flügel abschneiden, jetzt wollen diese kleinen Geschöpfe, daß ich meine Haare abschneide! Und der Mann auf der Brücke wollte mir den Putz herunternehmen. Bald wird nichts mehr von mir übrig sein."

„Wo hast du denn den Hut her?" sang ein anderer kleiner Junge. „Wo hast du denn die Kleider her?"

„Sie stellen dauend Fragen, auf die sie offenbar keine Antwort bekommen wollen", sagte der Engel. „Am Tonfall kann ich das erkennen." Er blickte nachdenklich zu den kleinen Jungen. „Ich weiß einfach nicht, wie die Menschen miteinander verkehren. Vielleicht sind das freundschaftliche

Annäherungsversuche, eine Art Ritual. Aber ich kenne die entsprechende Erwiderung nicht. Ich werde jetzt wohl zu dem kleinen dicken Mann mit den schwarzen Kleidern und der goldenen Uhrkette um den Bauch zurückgehen und ihn bitten, mir das zu erklären. Es ist schwierig."

Er wandte sich dem Friedhofstor zu. „Oh!" rief einer der drei kleinen Jungen mit einer schrillen Fistelstimme und warf eine Bucheckerschale. Sie kollerte über den Friedhofspfad. Der Engel blieb überrascht stehen.

Alle drei Jungen brachen in Gelächter aus. Ein zweiter ahmte den ersten nach, „Oh!", und traf den Engel. Sein Erstaunen war wirklich köstlich. Nun riefen alle „Oh!" und warfen Bucheckerschalen. Eine traf die Hand des Engels, eine andere traf ihn hart am Ohr. Der Engel machte unbeholfene Bewegungen auf die Jungen zu. Er sprudelte einige Proteste hervor und ging auf den Straßendamm zu. Die kleinen Jungen waren über seine Niederlage und Feigheit verblüfft und empört. Ein solch einfältiges Verhalten konnte nicht toleriert werden. Der Bucheckerschalenhagel wurde dichter. Sie können sich vielleicht solche grellen Momente vorstellen: Verwegene kleine Jungen laufen nahe heran und bringen ihre Schüsse an, die etwas schüchternen Jungen stürmen hintendrein und geben schnelle Salven ab. Milton Screevers Promenadenmischung wurde bei diesem Anblick zu ekstatischem Kläffen getrieben und näherte sich (voll wilder Vorstellungen) den Beinen des Engels.

„Hi, hi!" sagte eine kräftige Stimme. „Das habe ich nie getan! Wo ist Mr. Jarvis? Manieren, Manieren, ihr kleinen Bengel!"

Die Jungen zerstreuten sich links und rechts, einige flüchteten über die Mauer auf den Spielplatz, einige eilten die Straße hinunter.

„Diese Jungen werden eine schreckliche Plage!" sagte Crump, während er näherkam. „Es tut mir leid, daß sie Sie belästigt haben."

Der Engel schien ganz außer Fassung. „Ich verstehe das nicht", sagte er. „Diese menschliche Art..."

„Ja, natürlich. Ungewohnt für Sie. Wie geht es Ihrem Auswuchs?"

„Meinem was?" sagte der Engel.

„Gespaltene Gliedmaßen, verstehen Sie? Wie geht es ihm. Weil Sie schon da sind, kommen Sie herein. Kommen Sie herein und lassen Sie mich noch einmal einen Blick darauf werfen. Ihr kleinen Lümmel! Und in der Zwischenzeit werden sich unsere kleinen Strolche nach Hause verdrücken. Sie sind alle gleich in diesen Dörfern. Können nichts verstehen, was ungewöhnlich ist. Erblicken einen seltsamen Fremdling. Werfen einen Stein. Ihr Vorstellungsvermögen reicht über die Gemeinde nicht hinaus... (Ich werde euch die richtige Medizin geben, wenn ich euch noch einmal dabei erwische, wie ihr Fremde belästigt.)... Das sollte man eigentlich erwarten können... Kommen Sie hier entlang."

So wurde der Engel, der immer noch schrecklich

verwirrt war, nun eilig in die Arztpraxis geführt, wo seine Verletzung in Ordnung gebracht werden sollte.

## 28

Haus Siddermorton steht im Siddermorton Park.
Hier lebt die alte Lady Hammergallow, hauptsäch-
lich von Burgunder und den kleinen Skandalen des
Dorfes, eine liebe alte Frau mit dünnem Hals,
rotem Gesicht und gelegentlichen krampfartigen
Wutanfällen, die jeden Ärger unter ihren Unterge-
benen mit drei Gegenmitteln heilt: einer Flasche
Gin, zwei Wolldecken als Wohltätigkeitsakt, oder
einem neuen Fünfschillingstück. Das Haus liegt
eineinhalb Meilen außerhalb von Siddermorton.
Beinahe das ganze Dorf gehört ihr, mit Ausnahme
eines Streifens im Süden, der Sir John Gotch
gehört, und ihre Herrschaft über das Dorf ist
unumschränkt, was in einer Zeit, in der die Regie-
rungsgeschäfte aufgeteilt werden, besonders erfri-
schend ist. Sie ordnet Vermählungen an und
verbietet sie, treibt unangenehme Leute mit dem
einfachen Mittel einer Pachtzinserhöhung aus dem
Dorf, entläßt Arbeiter, zwingt Ketzer in die Kirche
zu gehen, und veranlaßte Annie Dangett, die ihr
kleines Mädchen „Euphemia" nennen wollte, dazu,
den Säugling „Mary-Anne" zu taufen. Sie ist eine
aufrechte liberale Protestantin und mißbilligt das
Kahlwerden des Vikars, das einer Tonsur ähnelt.
Sie ist Mitglied des Gemeinderates, der unterwürfig

über den Berg und das Moor zu ihr hinpilgert, und
der (da sie etwas taub ist) alle seine Reden in ihr
Hörrohr anstatt auf einer Rednerbühne hält. Sie
interessiert sich jetzt nicht mehr für Politik, aber
bis zum vorigen Jahr war sie eine aktive Gegnerin
„jenes Gladstone". Sie hat Stubenmädchen anstelle von Lakaien für ihre Bedienung, und zwar
wegen Hockley, dem amerikanischen Börsenmak-
ler, und dessen vier Titanen in Plüsch.

Sie übt beinahe eine Faszination auf das Dorf
aus. Wenn in der Schankstube des ‚Cat' oder
‚Cornucopia' jemand Gott fluchen würde, so wäre
niemand darüber empört, aber würde man Lady
Hammergallow fluchen, wäre die Empörung wahrscheinlich so groß, daß sie einen aus dem Zimmer
werfen würden. Wenn sie durch Siddermorton
fährt, besucht sie immer Bessy Flump, die Postmei-
sterin, um alles zu erfahren, was sich ereignet hat,
und dann auch noch Miss Finch, die Schneiderin,
um wiederum die Berichte von Bessy Flump zu
überprüfen. Manchmal besucht sie den Vikar,
manchmal Mrs. Mendham, die sie zurechtweist,
und manchmal besucht sie sogar Crump. Ihr
herrliches Grauschimmelgespann hätte fast den
Engel niedergestoßen, als er hinunter ins Dorf
ging.

„*Das* also ist der Geist!" sagte Lady Hammergallow, drehte sich um und betrachtete ihn durch die
goldumrandete Stielbrille, die sie immer in ihrer
runzligen, zittrigen Hand hielt. „In der Tat, ein
Narr! Das arme Geschöpf hat ein ziemlich hüb-

sches Gesicht. Es tut mir leid, daß ich ihn verpaßt habe."

Aber nichtsdestoweniger fuhr sie weiter in Richtung Pfarrhaus und verlangte Information über alles. Die widersprüchlichen Berichte von Miss Flump, Miss Finch, Mrs. Mendham, Crump und Mrs. Jehoram hatten sie ungeheuer verwirrt. Der Vikar, schwer bedrängt, tat alles in seiner Macht stehende, um das in ihr Hörrohr zu sagen, was wirklich geschehen war. Die Flügel und die safrangelbe Robe untertrieb er etwas. Dennoch spürte er, daß die Sache hoffnungslos war. Er nannte seinen Schützling „Mr." Engel. Er richtete leidenschaftliche Nebenbemerkungen an den Eisvogel. Die alte Dame bemerkte seine Verwirrung. Ihr seltsamer alter Kopf schnellte vor und zurück, bald hielt sie ihm das Hörrohr ins Gesicht, wenn er nichts zu sagen hatte, dann wieder spähte sie ihn aus eingefallenen Augenhöhlen an, ohne die Erklärungen zu vernehmen, die über seine Lippen kamen. Eine ganze Menge Ohs! und Ahs! Aber sicherlich fing sie einige Bruchstücke auf.

„Sie haben ihn eingeladen, hierzubleiben – auf unbestimmte Zeit?" sagte Lady Hammergallow, während sich in ihrem Geist rasch ein großer Gedanke formte.

„Ich habe – wahrscheinlich aus Versehen – eine solche . . ."

„Und Sie wissen nicht, woher er kommt?" sagte Lady Hammergallow.

„Nein", sagte der Vikar.

„Auch nicht, wer sein Vater ist, oder?" fragte Lady Hammergallow geheimnisvoll.

„Nein", antwortete der Vikar.

„*Nun!*", sagte Lady Hammergallow schelmisch, hielt die Brille an die Augen und stieß plötzlich mit ihrem Hörrohr gegen seine Rippen.

„*Liebe* Lady Hammergallow!"

„Das dachte ich mir. Glauben Sie nicht, daß ich Sie tadeln möchte, Mr. Hillyer." Sie stieß ein böses Lachen hervor und ergötzte sich. „Die Welt ist die Welt, und Menschen sind Menschen. Und der arme Junge ist ein Krüppel, eh? Eine Art göttliches Strafgericht. In Trauer, wie ich bemerkte. Es erinnert mich an den ‚Scarlet Letter'. Die Mutter ist tot, vermute ich. Es ist gut so. Wirklich – ich bin keine *engherzige* Frau – ich schätze das hoch ein, daß Sie ihn bei sich aufgenommen haben. Wirklich."

„Aber *Lady* Hammergallow!"

„Machen Sie es nicht schlecht, indem Sie es verleugnen. Einer Frau von Welt gibt das keine Rätsel auf. Diese Mrs. Mendham! Sie macht mir Spaß mit ihren Verdächtigungen. Solch sonderbare Gedanken! Und das bei der Frau eines Kuraten. Ich hoffe, es ist nicht geschehen, während Sie ihren Pflichten als Priester nachgingen."

„Lady Hammergallow, dagegen verwahre ich mich. Auf mein Wort."

„Mr. Hillyer, ich verwahre mich dagegen. Ich *weiß*. Sie können nichts mehr sagen, was meine Meinung auch nur um eine Spur ändern würde. Versuchen Sie es nicht. Ich hätte nie vermutet, daß

Sie auch nur ein annähernd so interessanter Mann sind."

„Aber diese Vermutung ist unerträglich!"

„Wir werden ihm beide helfen, Mr. Hillyer. Sie können sich auf mich verlassen. Es ist äußerst romantisch." Sie strahlte Wohlwollen aus.

„Aber Lady Hammergallow, ich *muß* reden!"

Entschlossen packte sie ihr Hörrohr, hielt es vor sich hin und schüttelte den Kopf.

„Wie ich höre, hat er eine beachtliche musikalische Begabung?"

„Ich kann Ihnen feierlichst versichern . . ."

„Das dachte ich mir. Und da er ein Krüppel ist . . ."

„Sie erliegen einem ganz gewaltigen . . ."

„Wenn seine Begabung wirklich so groß ist, wie diese Frau Jehoram sagt . . ."

„Ein ungerechtfertigter Verdacht, wenn je ein Mensch . . ."

„Ich gebe natürlich nicht viel auf ihr Urteil."

„Denken Sie an meine Position. Habe ich mir denn *keinen* guten Ruf erworben?"

„Vielleicht könnte man ihn irgendwo als Geigenspieler unterbringen."

„Habe ich . . . *(Zum Teufel! Es hat keinen Sinn!)*"

„Und deshalb, lieber Vikar, schlage ich vor, ihm die Gelegenheit zu geben, uns zu zeigen, was er kann. Ich habe mir das alles auf dem Weg hierher genau überlegt. Kommenden Dienstag werde ich ein paar Leute einladen, die etwas von Kunst verstehen, und da soll er seine Violine mitbringen.

Was sagen Sie dazu? Und wenn das gut geht, werde ich sehen, ob ich ihn mit einigen Leuten bekanntmachen und ihn tatsächlich *fördern* kann."

„Aber *Lady,* Lady Hammergallow."

„Kein Wort mehr!" sagte Lady Hammergallow, noch immer ihr Hörrohr resolut von sich gestreckt, und griff nach ihrer Stielbrille. „Ich darf die Pferde wirklich nicht so lange da draußen stehen lassen. Cutler ist immer so aufgebracht, wenn ich sie zu lange warten lasse. Er findet Warten ermüdend, der arme Kerl, wenn nicht in der Nähe ein Wirtshaus ist." Sie ging zur Tür.

„*Verdammt!*" flüsterte der Vikar. Er hatte dieses Wort nicht verwendet, seit er in den geistlichen Stand getreten war. Es zeigt, wie der Besuch eines Engels einen Menschen zerrütten kann.

Er stand unter der Veranda und blickte der abfahrenden Kutsche nach. Für ihn schien eine Welt zusammenzubrechen. Hatte er umsonst über dreißig Jahre lang ein tugendhaftes Leben geführt? All die Dinge, die ihm die Leute zutrauten! Er stand da und blickte auf das grüne Kornfeld gegenüber, und dann hinunter auf die verstreuten Häuser des Dorfes. Alles schien recht wirklich zu sein. Und doch, zum erstenmal in seinem Leben, kamen ihm gewisse Zweifel an der Wirklichkeit des Dorfes. Er rieb sich das Kinn, dann drehte er sich um und ging die Stufen zu seinem Ankleidezimmer hinauf. Dort saß er lange Zeit und starrte auf ein Kleidungsstück, das aus irgendeinem gelben Gewebe gefertigt war. „Seinen Vater kenn' ich", sagte er. „Und der ist unsterblich, und war schon in seinem Himmel, als meine Vorfahren noch Beuteltiere waren . . . Wäre er doch jetzt dort!"

Er stand auf und befühlte die Robe.

„Ich würde gerne wissen, wie sie solche Dinge bekommen", sagte der Vikar. Dann ging er zum Fenster und starrte hinaus. „Mir kommt alles wunderbar vor, sogar der Sonnenaufgang und Sonnenuntergang. Vermutlich gibt es keinen unerschütterlichen Grund für irgendeinen Glauben. Aber man beginnt allmählich, die Dinge auf die gewohnte Art zu betrachten. Das ist ein Hindernis. Ich bekomme einen Sinn für das Unsichtbare. Das ist wohl die größte Ungewißheit, die es gibt. Seit meiner Jugend war ich nicht mehr so verstört und unsicher."

## 29

„So, das wäre in Ordnung", sagte Crump, als er den Verband wieder angebracht hatte. „Mein Gedächtnis spielt mir zweifellos einen Streich, aber Ihre Auswüchse scheinen mir heute bei weitem nicht so groß zu sein wie gestern. Ich vermute, sie haben einen ziemlich großen Eindruck auf mich gemacht. Bleiben Sie doch zum Essen bei mir, wenn Sie schon hier sind. Mittagessen, wissen Sie. Die Jungen werden am Nachmittag wieder in der Schule verschwinden."

„Niemals in meinem Leben habe ich eine Wunde so schnell und gut verheilen sehen", sagte er, als sie ins Speisezimmer gingen. „Ihr Blut und Ihr Körper müssen völlig frei von Bakterien sein. Was immer auch mit Ihrem Kopf los sein mag", fügte er flüsternd hinzu.

Beim Essen beobachtete er den Engel scharf, und versuchte, ihn auszuhorchen.

„Die Reise gestern hat Sie ermüdet?" sagte er plötzlich.

„Die Reise!" sagte der Engel. „Oh! Ich hatte ein etwas steifes Gefühl in den Flügeln."

„Man kommt nicht an ihn heran", dachte Crump. „Ich vermute, ich muß direkt werden."

„Sie sind also den ganzen Weg geflogen, hm?

Kein Transportmittel?"

„Da war überhaupt kein Weg zurückzulegen", erklärte der Engel, während er sich Senf nahm. „Ich flog mit einigen Greifen und feurigen Cherubinen eine Symphonie hinauf, und plötzlich wurde es dunkel, und ich war in eurer Welt."

„Du meine Güte", sagte Crump. „Und deshalb haben Sie kein Gepäck bei sich." Er wischte sich mit der Serviette über den Mund, und in seinen Augen flackerte ein Lächeln.

„Ich nehme an, daß Sie unsere Welt sehr gut kennen? Sie haben uns wahrscheinlich über die festen Mauern beobachtet und dergleichen mehr. Hm?"

„Nicht sehr gut. Wir träumen manchmal davon. Im Mondschein, wenn uns die Alpträume mit ihren Schwingen im Schlaf umfächeln."

„Ah, ja – natürlich", sagte Crump. „Eine sehr poetische Art, es auszudrücken. Wollen Sie keinen Burgunder? Er steht gleich neben Ihnen."

„Wissen Sie, man ist hier davon überzeugt, daß Besuche von Engeln keineswegs selten sind. Vielleicht sind einige von Ihren – Freunden schon hier gewesen? Man glaubt, daß sie zu verdienstvollen Menschen in die Gefängnisse herunterkommen und raffinierte Natsch-Tänze aufführen und ähnliche Dinge mehr. Diese Faust-Angelegenheit, verstehen Sie."

„Ich habe niemals etwas Derartiges gehört", sagte der Engel.

„Erst neulich versicherte mir eine Frau, deren Säugling zu dem Zeitpunkt mein Patient war –

Verdauungsstörungen –, daß gewisse Grimassen, die das kleine Geschöpf machte, anzeigten, daß es von Engeln träumte. In den Romanen von Mrs. Henry Wood wird dies als untrügliches Vorzeichen eines frühen Hinscheidens bezeichnet. Ich vermute, Sie können auch kein Licht in diese geheimnisvolle pathologische Erscheinung bringen?"

„Ich verstehe es überhaupt nicht", sagte der Engel; er war verwirrt und begriff nicht ganz, was der Doktor bezweckte.

(„Er wird langsam böse", sagte der Doktor bei sich. „Merkt, daß ich mich über ihn lustig mache.") „Etwas möchte ich gerne wissen. Beschweren sich Neuankömmlinge sehr über ihre medizinischen Betreuer? Ich habe mir immer vorgestellt, daß es da gerade am Anfang ziemliches Gerede über die Behandlungsmethoden geben muß. Erst im Juni habe ich mir wieder dieses Bild in der ‚Academy' angesehen . . ."

„Neuankömmlinge!" sagte der Engel. „Ich kann dir wirklich nicht folgen."

Der Doktor war verblüfft. „Ja, kommen sie denn nicht hinauf?"

„Hinaufkommen!" sagte der Engel. „Wer?"

„Die Leute, die hier sterben."

„Nachdem sie hier in Stücke zerfallen sind?"

„Das ist die gängige Meinung hier, wissen Sie."

„Leute wie die Frau, die zur Tür herausgeschrien hat, und der finster blickende Mann, der sich hin- und hergewälzt hat und die schrecklichen kleinen Dinger, die mit Schalen werfen! – sicher nicht. *Ich* habe solche Geschöpfe nie gesehen, bevor ich in diese Welt gefallen bin."

„Oh! Tun Sie nicht so!" sagte der Doktor. „Als nächstes werden Sie mir erzählen wollen, daß Ihre offiziellen Roben nicht weiß sind und daß Sie nicht Harfe spielen können."

„Es gibt im Land der Engel nichts, was als weiß bezeichnet wird", sagte der Engel. „Es ist diese komische leere Farbe, die entsteht, wenn man alle anderen Farben vermischt."

„Nun, lieber Herr!" sagte der Doktor und änderte plötzlich seinen Tonfall. „Es steht fest, daß Sie nichts über das Land wissen, aus dem Sie kommen. Die Farbe Weiß ist nämlich das Wesentliche an diesem Land."

Der Engel starrte ihn an. Machte der Mann einen Scherz? Er sah vollkommen ernst aus.

„Schauen Sie", sagte Crump, stand auf und ging zum Anrichtetisch, auf dem eine Ausgabe des „Parish Magazine" lag. Er brachte es dem Engel und schlug den farbigen Bildteil auf. „Hier können Sie einige richtige Engel sehen", sagte er. „Sie sehen, daß Flügel allein noch lange keinen Engel ausmachen. Weiß, wie Sie sehen, mit einem Kleid, das aus einem in Falten geworfenen Tuch besteht, und sie segeln in den Himmel hinein und haben ihre Flügel zusammengeklappt. Das sind Engel, wie sie uns aus verläßlichen Quellen bekannt sind. Wasserstoffblonde Haare. Einer hat so etwas wie eine Harfe, wie Sie sehen, und der andere hilft dieser flügellosen Dame – ein Engel, der erst einer wird, sozusagen – hinauf."

„Oh! Jetzt aber im Ernst!" sagte der Engel. „Das sind überhaupt keine Engel."

„Aber das *sind* Engel", sagte Crump, während er die Zeitschrift auf den Anrichtetisch zurücklegte und dann mit großer Befriedigung wieder Platz nahm. „Ich kann Ihnen versichern, ich habe verläßliche Quellen . . ."

„Ich kann Ihnen versichern . . ."

Crump kniff den Mund zusammen und schüttelte den Kopf, wie er es auch bei seinem Gespräch mit dem Vikar gemacht hatte. „Es hat keinen Sinn", sagte er, „wir können unsere Vorstellungen und Ideen nicht wegen eines unzurechnungsfähigen Besuchers ändern . . ."

„Wenn das Engel sind", sagte der Engel, „dann bin ich niemals im Land der Engel gewesen."

„Richtig", sagte Crump, unendlich zufrieden mit sich selbst; „das ist genau das, was ich Ihnen beweisen wollte."

Der Engel starrte ihn mit großen Augen an und wurde dann zum zweiten Mal von der menschlichen Krankheit des Lachens erfaßt.

„Ha, ha, ha!" fiel Crump in das Lachen mit ein. „Ich *dachte* mir doch, daß Sie nicht ganz so verrückt sind, wie es den Anschein hatte. Ha, ha, ha!"

Für den Rest des Mittagessens waren beide sehr fröhlich, aus verschiedenen Gründen allerdings, und Crump bestand darauf, den Engel als „außerordentlich großen Spaßvogel" zu behandeln.

## 30

Nachdem der Engel Crumps Haus verlassen hatte, ging er wieder den Berg in Richtung Pfarrhaus hinauf. Aber er bog – möglicherweise von dem Wunsch bewegt, Mrs. Gustick aus dem Weg zu gehen – beim Zaunübertritt ab und machte einen Umweg über das Lark-Feld und die Bradley-Farm.

Er traf auf den Ehrenwerten Landstreicher, der friedlich in den wildwachsenden Blumen schlummerte. Er blieb stehen und betrachtete ihn, fasziniert von der himmlischen Ruhe dieses Gesichtes. Und gerade als er ihn betrachtete, erwachte der Ehrenwerte Landstreicher, fuhr zusammen und setzte sich auf. Er war blaß, trug ein ausgebleichtes schwarzes Gewand und hatte einen zerdrückten Hut, der schon zu zerfallen drohte, über ein Auge gezogen. „Guten Tag", sagte er leutselig. „Wie geht's?"

„Danke, sehr gut", sagte der Engel, der diese Redewendung bereits beherrschte.

Der Ehrenwerte Landstreicher musterte den Engel äußerst kritisch. „Läufst dir auch die Sohlen von den Schuhen, Kumpel?" sagte er. „Wie ich."

Der Engel konnte ihm nicht folgen. „Wieso", fragte der Engel, „schläfst du hier und nicht oben in der Luft in einem Bett?"

„Da hol' mich doch der Teufel!" sagte der Ehrenwerte Landstreicher. „Wieso schlafe ich nicht in einem Bett? Nun, es ist so, Sandringham hat die Maler da, oben im Windsor Castle reparieren sie die Abflußrohre, und sonst hab' ich kein Haus, wo ich hinkönnte. Du hast nicht vielleicht ein Paar Moneten für eine halbe Pinte Bier in deiner Tasche, was?"

„Ich habe überhaupt nichts in meiner Tasche", sagte der Engel.

„Heißt das Dorf da Siddermorton?" sagte der Landstreicher, während er sich knarrend hochrappelte und auf die vielen Dächer am Fuß des Berges zeigte.

„Ja", sagte der Engel, „es heißt Siddermorton."

„Ich kenn' es, ich kenn' es", sagte der Landstreicher. „Und es ist auch ein sehr hübsches Dorf." Er streckte sich und gähnte und betrachtete dann den Ort. „Häuser", sagte er nachdenklich; „überflüssig" – und deutete auf die Kornfelder und Obstgärten. „Schaut gemütlich aus, nicht wahr?"

„Es besitzt eine ganz eigene, seltsame Schönheit", sagte der Engel.

„Es besitzt eine ganz eigene, seltsame Schönheit – ja . . . Herrgott! Ich möchte den verflixten Ort am liebsten mitnehmen . . . Ich bin hier geboren."

„Ach so?" sagte der Engel.

„Ja, ich bin hier geboren. Jemals was von einem mit Mark gefüllten Frosch gehört?"

„Mit Mark gefüllten Frosch?" sagte der Engel.

„Nein!"

„Ist etwas, was diese Leute machen, die Versuche an lebenden Tieren vornehmen. Sie nehmen 'nen Frosch, schneiden sein Gehirn heraus und schieben dafür Mark hinein. Das is' ein mit Mark gefüllter Frosch. Nun – das Dorf da ist vollgestopft mit Leuten, denen man anstelle des Gehirns Mark hineingetan hat."

Der Engel nahm das für bare Münze. „Wirklich?" sagte er.

„Wirklich – ich geb' dir mein Wort. Jedem von ihnen hat man das Hirn herausgeschnitten und es durch Klötze morschen Zunderholzes ersetzt: Siehst du den kleinen roten Fleck dort?"

„Das ist die National School", sagte der Engel.

„Dort werden sie mit Mark gefüllt", sagte der Landstreicher, begeistert von diesem guten Witz.

„Tatsächlich! Das ist sehr interessant."

„Das ist doch klar", sagte der Landstreicher. „Wenn sie Gehirne hätten, würden sie auch Ideen haben, und hätten sie Ideen, würden sie selbst denken. Und du kannst das ganze Dorf durchsuchen, du wirst niemanden finden, der das tut. Menschen ohne Hirn sind sie. Ich kenn' das Dorf. Ich bin hier geboren, und ich würde jetzt hier leben und mich für einen Chef abplagen, wenn ich mich nicht gegen das Ausstopfen gewehrt hätte."

„Ist es eine schmerzvolle Operation?" fragte der Engel.

„Teilweise. Obwohl die Köpfe nicht verletzt werden. Und es dauert sehr lange. Man bringt sie sehr jung in diese Schule und sagt zu ihnen: ‚Kommt hier rein, und wir machen was aus euch‘, sagen sie, und die kleinen Knirpse gehen hinein und sind noch durch und durch gut. Und sie fangen an, ihnen alles mögliche einzutrichtern. Stück für Stück, hart und grob, und saugen ihnen die guten, unverdorbenen Hirne aus. Daten, Tabellen und vieles mehr. Und sie kommen heraus, ohne Hirn, brav und stramm, bereit, vor jedem den Hut zu ziehen. Gestern hat einer sogar vor mir den Hut gezogen. Und sie laufen geschäftig ’rum, machen alle schmutzige Arbeiten und sind dankbar, daß man sie leben läßt. Sie sind wirklich stolz auf die schwere Arbeit, die für nichts gut ist. Nachdem sie mit Mark vollgestopft worden sind. Siehst du den Kerl pflügen?“

„Ja“, sagte der Engel; „hat man sein Gehirn ausgestopft?“

„Sicher. Sonst würde er in der Gegend herumspazieren bei dem schönen Wetter – wie ich und die gesegneten Apostel.“

„Langsam verstehe ich“, sagte der Engel recht zögernd.

„Ich hab’ mir gedacht, daß du es verstehen wirst“, sagte der Ehrenwerte Landstreicher. „Ich hab’ gewußt, daß du der richtige Mann dazu bist. Aber im Ernst, ist es nicht lachhaft? – Jahrhunderte der Zivilisation, und dann schau dir dieses arme Schwein da an, rackert sich zu Tode und schleppt sich den Berg hinauf. Er ist Engländer, Engländer. Gehört zur höheren Gattung Mensch in der

Schöpfung, dazu gehört er. Er ist einer der Herren über Indien. Da lachen ja die Neger. Die Fahne, die tausend Jahre lang Schlacht und Kampf überdauert hat – das ist seine Fahne. Kein Land, das so groß und ruhmreich war wie dieses. Zu keiner Zeit. Und das hat es aus uns gemacht. Ich werd' dir eine kleine Geschichte aus dieser Gegend erzählen, weil du anscheinend hier fremd bist. Es gibt da einen Kerl, der heißt Gotch, Sir John Gotch sagen sie zu ihm. Damals, als der ein feiner Herr in Oxford war, war ich ein kleiner Knilch von acht Jahren und meine Schwester war siebzehn. Dienstmädchen war sie bei ihnen. Aber mein Gott, jeder kennt diese Geschichte – so etwas ist bei denen ganz normal, bei ihm und bei Leuten wie ihm."

„Ich habe sie noch nicht gehört", sagte der Engel.

„Alle schönen und aufgeweckten Mädchen werden von ihnen in die Gosse gebracht, und alle Männer, die nur einen Funken Mumm oder Abenteuerlust haben, alle, die nicht das trinken, was ihnen die Frau des Kuraten anstelle von Bier gibt, und nicht wahllos ihren Hut ziehen, und die Kaninchen und Vögel den anderen überlassen, werden als derbes und rohes Gesindel aus dem Dorf hinausgetrieben. Patriotismus! Reden davon, die Menschenrasse zu verbessern! Was übrig bleibt, kann keinem Neger das Wasser reichen, ein Chinese würde sich für sie schämen . . ."

„Aber ich verstehe nicht", sagte der Engel. „Ich kann dir nicht folgen."

Daraufhin wurde der Ehrenwerte Landstreicher deutlicher und erzählte dem Engel die ungeschminkte Wahrheit über Sir John Gotch und dem Küchenmädchen. Es ist kaum notwendig, sie zu wiederholen. Sie werden sicher verstehen, daß sie den Engel in Verwirrung setzte. Sie war voll von Begriffen, die er nicht verstand, denn das einzige sprachliche Mittel, über das der Landstreicher verfügte, um Gefühle auszudrücken, war Gotteslästerung. Und doch, trotz der Verschiedenheit ihrer Sprachen, konnte er dem Engel notdürftig seine (wahrscheinlich unbegründete) Überzeugung von der Ungerechtigkeit und Grausamkeit des Lebens und der abgrundtiefen Verächtlichkeit eines Sir John Gotch vermitteln.

Das letzte, das der Engel von ihm sah, war der staubige schwarze Rücken, der die Straße hinunter in Richtung Iping Hanger entschwand. Am Wegrand tauchte ein Fasan auf. Der Landstreicher bückte sich sofort nach einem Stein und brachte den Vogel mit einem wütenden, zielsicheren Schuß zum Glucken. Dann verschwand er hinter der nächsten Biegung.

## 31

„Ich habe jemanden im Pfarrhaus Geige spielen gehört, als ich dort vorbeikam", sagte Mrs. Jehoram und nahm sich die Tasse Tee, die ihr Mrs. Mendham anbot.

„Der Vikar spielt", sagte Mrs. Mendham. „Ich habe schon mit George darüber gesprochen, aber es hat keinen Sinn. Ich meine, daß es einem Vikar nicht gestattet sein sollte, so etwas zu tun. Es ist so unpassend. Aber hier, er . . ."

„Ich weiß, meine Liebe", sagte Mrs. Jehoram. „Aber ich habe den Vikar einmal im Klassenzimmer gehört. Ich glaube nicht, daß es der Vikar war. Es klang recht gut, zum Teil recht talentiert, weißt du. Und neu. Heute morgen habe ich es der guten Lady Hammergallow erzählt. Ich stelle mir vor . . ."

„Der Verrückte! Sehr wahrscheinlich sogar. Diese schwachsinnigen Menschen. . . . Meine Liebe, ich glaube nicht, daß ich diese schreckliche Begegnung je vergessen werde. Gestern."

„Ich auch nicht."

„Meine armen Mädchen! Sie sind zu schockiert, um darüber sprechen zu können. Ich erzählte es der lieben Lady Ham . . ."

„Recht anständig von ihnen. Es war *schrecklich,*

meine Liebe. Für sie."

„Und jetzt, meine Liebe, sag mir bitte ganz offen . . . Glaubst du wirklich, daß dieses Geschöpf ein Mensch gewesen ist?"

„Du hättest das Geigenspiel hören sollen."

„Ich hege noch immer den ziemlich starken Verdacht, Jessie . . ." Mrs. Mendham beugte sich vor, als wollte sie flüstern.

Mrs. Jehoram nahm ein Stück Kuchen. „Ich bin sicher, daß keine Frau so Geige spielen könnte, wie ich heute morgen jemanden Geige spielen gehört habe."

„Wenn du das sagst, ist diese Frage geklärt", sagte Mrs. Mendham. Mrs. Jehoram war die unumschränkte Autorität in Siddermorton, was Kunst, Musik und schöne Literatur betraf. Ihr seliger Gatte war ein mittelmäßiger Dichter gewesen. Dann fügte Mrs. Mendham ein kritisches „Trotzdem . . ." hinzu.

„Weißt du", sagte Mrs. Jehoram, „ich bin bereits ein wenig geneigt, dem guten Vikar seine Geschichte zu glauben."

„Wie *lieb* von dir, Jessie", sagte Mrs. Mendham.

„Aber jetzt im Ernst, ich glaube nicht, daß er vor diesem Nachmittag irgend jemand im Pfarrhaus gehabt haben *könnte*. Ich bin mir sicher, daß wir davon gehört hätten. Ich kann einfach nicht glauben, daß sich eine fremde Katze Siddermorton bis auf vier Meilen nähern könnte, ohne daß wir davon erfahren. Die Leute hier sind so klatschsüchtig . . ."

„Ich mißtraue dem Vikar immer", sagte Mrs. Mendham. „Ich kenne ihn."

„Ja. Aber die Geschichte ist glaubhaft. Wenn dieser Mr. Engel nun sehr gescheit und exzentrisch wäre . . ."

„Er müßte *sehr* exzentrisch sein, um sich so zu kleiden, wie er es getan hat. Es gibt Maß und Ziel, meine Liebe."

„Aber ein Kilt", sagte Mrs. Jehoram.

„Ist schön und gut im schottischen Hochland . . ."

Mrs. Jehorams Augen hatten auf einem schwarzen Punkt geruht, der sich langsam über einen gelblich-grünen Fleck bergauf bewegte.

„Dort geht er", sagte Mrs. Jehoram, und stand auf, „über das Kornfeld. Ich bin sicher, daß er es ist. Ich kann den Buckel sehen. Oder es ist ein Mann mit einem Sack. Himmel, Minnie! Nimm das Opernglas. Wie brauchbar es zur Beobachtung des Pfarrhauses ist! . . . Ja, es ist der Mann. Er ist ein Mann. Mit einem *so* hübschen Gesicht."

In großer Selbstlosigkeit erlaubte sie ihrer Gastgeberin, das Opernglas gleichfalls zu benützen. Eine Minute lang lag gespannte Stille im Raum.

„Seine Kleider", sagte Mrs. Mendham, „sind jetzt recht ansehnlich."

„Recht ansehnlich", sagte Mrs. Jehoram.

Pause.

„Er sieht sehr verdrießlich aus!"

„Und sein Rock ist staubig."

„Er geht ziemlich ruhig dahin", sagte Mrs.

Mendham, „oder man könnte denken ... Diese Hitze ..."

Wieder Pause.

„Du siehst, meine Liebe", sagte Mrs. Jehoram und legte das Opernglas nieder. „Was ich sagen wollte, war, daß er möglicherweise ein Verkleidungskünstler ist."

„Wenn man dieses Nichts Verkleidung nennen kann."

„Es war ohne Zweifel exzentrisch. Aber ich habe Kinder in kleinen Blusen gesehen, die ihm nicht sehr unähnlich waren. So viele gescheite Leute sind eigenartig, was ihre Kleidung und ihre Sitten betrifft. Ein Künstler kann ein Pferd stehlen, wo ein Bankbeamter nicht einmal über die Hecke blickt. Wahrscheinlich ist er sehr bekannt und lacht über unsere arkadische Einfachheit. Und schließlich war es wirklich nicht so unschicklich, wie manche dieser Radfahrkostüme für die moderne Frau. Erst vor ein paar Tagen habe ich eines in einem Journal gesehen – im „New Budget", glaube ich – richtige Trikots, weißt du, meine Liebe. Nein – ich halte an der Künstlertheorie fest. Ganz besonders, seit ich ihn spielen gehört habe. Ich bin sicher, dieses Geschöpf ist originell. Vielleicht sehr amüsant. Wirklich, ich werde den Vikar bitten, mich vorzustellen."

„Meine Liebe!" rief Mrs. Mendham.

„Das ist meine feste Absicht", sagte Mrs. Jehoram.

„Ich fürchte, du bist unbesonnen", sagte Mrs.

Mendham. „Künstler und ähnliche Leute in London, schön und gut. Aber hier – im Pfarrhaus."

„Wir werden den Leuten Bildung beibringen. Ich liebe Originalität. Ich möchte ihn um jeden Preis sehen."

„Gib acht, daß du nicht zuviel von ihm siehst", sagte Mrs. Mendham. „Wie ich gehört habe, hat sich die Mode sehr geändert. Soweit ich informiert bin, lehnen es einige der vorbildlichsten Leute hierzulande bereits ab, Künstler zu unterstützen. Die jüngsten Skandale . . ."

„Nur Literaten, wie ich dir versichern kann, meine Liebe. Was Musiker anlangt . . ."

„Nichts, was du sagst, meine Liebe", sagte Mrs. Mendham, und wich vom Thema ab, „wird mich davon überzeugen, daß das Kostüm dieser Person nicht außerordentlich zweideutig und unschicklich war."

## 32

Der Engel kam nachdenklich an der Hecke des Feldes entlang auf das Pfarrhaus zu. Die Strahlen der untergehenden Sonne fielen auf seine Schultern, färbten das Pfarrhaus golden und glommen in allen Fenstern wie Feuer. Am Tor, von Sonnenlicht überflutet, stand die kleine Delia, das Dienstmädchen. Sie überschattete die Augen mit der Hand und beobachtete ihn. Plötzlich kam dem Engel zu Bewußtsein, daß wenigstens sie schön war, und nicht nur schön, sondern auch lebensvoll und warmherzig.

Sie öffnete das Tor für ihn und trat beiseite. Er tat ihr leid, denn ihre ältere Schwester war ein Krüppel. Er verbeugte sich vor ihr, wie er das vor jeder Frau gemacht haben würde, und sah ihr einen Augenblick lang ins Gesicht. Sie erwiderte den Blick, und irgend etwas rührte sich in ihr.

Der Engel machte eine unentschlossene Bewegung. „Deine Augen sind sehr schön", sagte er leise, mit leichter Verwunderung in seiner Stimme.

„Oh, Sir!" sagte sie und fuhr zurück. Im Gesicht des Engels machte sich Verwirrung breit. Er setzte seinen Weg über den Pfad zwischen den Blumenbeeten des Vikars fort, und sie stand da und hielt mit der Hand das Tor auf und starrte ihm nach. Unter der von Rosen umrankten Veranda drehte er sich um und blickte zu ihr hin.

Sie starrte ihn noch einen Augenblick an, und kehrte ihm dann mit einer seltsamen Geste den Rücken zu, schloß dabei das Tor und schien dann talabwärts in Richtung Kirchturm zu schauen.

Beim Essen erzählte der Engel dem Vikar dann die eindrucksvolleren Erlebnisse dieses Tages.

„Das Seltsame", sagte der Engel, „an euch Menschen ist die Bereitwilligkeit – die Freude, mit der ihr Schmerz zufügt. Diese Jungen, die mich heute morgen bewarfen . . ."

„Schienen Freude daran zu haben", sagte der Vikar. „Ich weiß."

„Dennoch haben sie Schmerz nicht gerne", sagte der Engel.

„Nein", sagte der Vikar; „*sie* mögen ihn nicht."

„Dann", sagte der Engel, „sah ich ein paar wunderschöne Pflanzen wachsen. Sie hatten eine Ähre aus Blättern, zwei auf der einen Seite und zwei auf der anderen, und als ich meine Hand darübergleiten ließ, verursachten sie den unangenehmsten . . ."

„Brennessel!" sagte der Vikar.

„Jedenfalls eine neue Art von Schmerz. Und eine andere Pflanze, die eine Spitze hatte, die einem Krönchen ähnelte, und deren Blätter reich verziert waren, stachelig und zackig . . ."

„Eine Distel, möglicherweise."

„Und in deinem Garten, die schöne, herrlich duftende Pflanze . . ."

„Die Heckenrose", sagte der Vikar. „Ich erinnere mich."

„Und diese rosafarbene Blume, die aus der Kiste herausgewachsen ist . . ."

„Aus der Kiste?" sagte der Vikar.

„Letzte Nacht", sagte der Engel, „die, die Vorhänge hinaufkletterte – Flamme!"

„Oh! – die Zündhölzer und die Kerzen! Ja", sagte der Vikar.

„Und dann die Tiere. Ein Hund hat sich heute reichlich ungebührlich benommen – und diese Jungen, und die Art, wie die Leute sprechen. Jeder scheint begierig darauf – um jeden Preis –, diesen Schmerz auszuteilen. Jeder scheint damit beschäftigt zu sein, Schmerz auszuteilen . . ."

„Oder ihm zu entgehen", sagte der Vikar und schob das Essen, das er vor sich hatte, weg. „Ja – natürlich. Überall wird gekämpft. Die ganze Welt ist ein Schlachtfeld – die ganze Welt. Wir werden vom Schmerz regiert. Hier. Wie offen das zutage liegt! Dieser Engel sieht es in einem Tag!"

„Aber warum will jeder – alles – Schmerz austeilen?" fragte der Engel.

„Ist es im Land der Engel nicht so?" sagte der Vikar.

„Nein", sagte der Engel. „Warum ist es hier so?"

Der Vikar wischte sich langsam mit der Serviette die Lippen. „Es *ist* eben so", sagte er. „Schmerz", fuhr er noch langsamer fort, „ist das Um und Auf dieses Lebens. Wissen Sie", sagte er nach einer

Pause, „es ist beinahe unmöglich für mich, mir . . .
eine Welt ohne Schmerz vorzustellen . . . Und
dennoch, als Sie heute morgen gespielt haben . . .

„Aber diese Welt ist anders. Das genaue Gegenteil der Welt der Engel. Tatsächlich sind zahlreiche
Leute – vorbildlich religiöse Menschen – so beein-
druckt von der Allgegenwart des Schmerzes, daß sie
denken, viele von uns erwarte nach dem Tod noch
weit Schlimmeres. Mir scheint das etwas übertrieben zu sein. Aber es ist ein schwerwiegendes
Problem. Es geht fast über unser Fassungsvermö-
gen . . ."

Und übergangslos verfiel der Vikar in einen
Stegreif-Monolog über den Begriff der „Notwendigkeit", warum Dinge so waren, weil sie eben so
waren, warum jemand das und jenes tun *mußte.*
„Sogar unsere Nahrung", sagte der Vikar. „Was?"
unterbrach ihn der Engel. „Bekommen wir nicht,
ohne Schmerz zuzufügen", sagte der Vikar.

Das Gesicht des Engels wurde so bleich, daß sich
der Vikar plötzlich zur Mäßigung rief. Es kann
auch sein, daß er gerade beabsichtigte, eine prä-
gnante Erklärung dessen zu liefern, was einer
Lammkeule vorausgeht. Eine Pause trat ein.

„Nebenbei bemerkt", sagte der Engel plötzlich,
„hat man dich auch mit Mark gefüllt? Wie die
gewöhnlichen Leute."

## 34

Als Lady Hammergallow zu einem Entschluß gekommen war, entwickelten sich die Dinge ihrer Vorstellung entsprechend. Und trotz des leidenschaftlichen Protestes des Vikars führte sie ihren Plan aus und versammelte Zuhörerschaft, Engel und Violine in Haus Siddermorton, noch ehe die Woche vorüber war. „Eine Entdeckung des Vikars", sagte sie; in weiser Voraussicht die Schmach eines möglichen Mißerfolges auf die Schultern des Vikars abwälzend. „Wie mir unser guter Vikar erzählt", fuhr sie fort und ließ ergötzliche Anekdoten über die Virtuosität des Engels folgen. Aber sie war auch recht verliebt in ihren Plan – immer schon hatte sie das heimliche Verlangen verspürt, verborgene Talente zu fördern. Bisher hatte sich noch keiner nach eingehender Prüfung als Talent erwiesen.

„Es wäre so vorteilhaft für ihn", sagte sie. „Sein Haar ist bereits lang, und mit dieser edlen Haarfarbe würde er auf einer Bühne großartig, einfach großartig aussehen. Mit den schlechtsitzenden Kleidern des Vikars sieht er bereits wie ein gefeierter Pianist aus. Und das Ärgernis seiner Herkunft – nicht ausposaunt natürlich, sondern nur gemunkelt – würde einen ziemlichen Anreiz bedeuten für den

Fall, daß er nach London kommt."

Den Vikar suchten die schrecklichsten Ahnungen heim, je näher der Tag herankam. Er brauchte Stunden, um dem Engel die Situation zu erklären, und noch weitere Stunden, um sich vorzustellen, was die Leute denken würden, und ganz schlimme Stunden, um das Verhalten des Engels abzusehen. Bis zu dem Zeitpunkt hatte der Engel nur zu seinem eigenen Vergnügen gespielt. Der Vikar hatte ihn wohl dann und wann aufgeschreckt, wenn er ihn mit einem neuen wichtigen Gebot der Etikette, das ihm gerade eingefallen war, überfiel. Gebote, wie zum Beispiel das folgende: „Es ist äußerst wichtig, wo Sie Ihren Hut ablegen, verstehen Sie. Legen Sie ihn niemals auf einen Stuhl, gleichgültig in welcher Situation. Halten Sie ihn, bis Sie den Tee bekommen, und dann – lassen Sie mich überlegen – dann legen Sie ihn irgendwohin, verstehen Sie." Die Fahrt zum Haus Siddermorton ging ohne Mißgeschick vonstatten, aber beim Vorstellen überwältigten den Vikar schreckliche Ahnungen. Er hatte vergessen, das Vorstellen zu erklären. Das unbefangene Vergnügen des Engels war augenfällig, aber nichts wirklich Entsetzliches ereignete sich.

„Komischer Schmierfink", sagte Mr. Rathbone Slater, der viel Wert auf Kleidung legte. „Ungepflegt. Keine Manieren. Grinste, als er mich Hände schütteln sah. Dabei hab' ich es ziemlich elegant gemacht, will mir scheinen."

Ein belangloses Mißgeschick ereignete sich. Als

Lady Hammergallow den Engel willkommen hieß, schaute sie ihn durch ihre Brille an. Die scheinbare Größe ihrer Augen erschreckte ihn. Seine Überraschung und sein spontaner Versuch, über den Brillenrand zu spähen, waren nur zu deutlich. Aber vor dem Hörrohr hatte ihn der Vikar gewarnt.

Die Unfähigkeit des Engels, sich auf etwas anderes als einen Klaviersessel zu setzen, schien einiges Interesse unter den Damen zu erregen, hatte aber keine Bemerkungen zur Folge. Sie werteten es möglicherweise als Geziertheit eines angehenden Berufskünstlers. Er ging etwas nachlässig mit den Teeschalen um und verstreute die Kuchenbrösel in der ganzen Gegend. (Vergessen Sie nicht, daß er im Essen ein Anfänger war!) Er schlug die Beine übereinander. Er bemühte sich unbeholfen wegen dieser Sache mit dem Hut, nachdem er vergeblich versucht hatte, einen Blick des Vikars zu erhaschen. Die älteste Miss Papaver versuchte, mit ihm über kontinentale Seebäder und Zigaretten zu sprechen, und gelangte zu einem abfälligen Urteil über seine Intelligenz.

Der Engel wurde durch das Beibringen eines Notenständers und einiger Notenhefte überrascht und beim ersten Anblick der Lady Hammergallow, die ihn, den Kopf zur Seite geneigt, mit diesen vergrößerten Augen durch ihre vergoldeten Brillen beobachtete, ein wenig entmutigt.

Bevor er zu spielen anfing, kam Mrs. Jehoram zu ihm hinauf und erkundigte sich nach dem Namen jenes „reizenden Stückes", das er am vorigen

Nachmittag gespielt hatte. Der Engel erwiderte, es habe keinen Namen, und Mrs. Jehoram meinte, Musik sollte eigentlich immer namenlos sein, und wollte wissen, wer es komponiert habe. Als der Engel bemerkte, daß er es aus dem Stegreif gespielt habe, sagte sie, daß er wirklich ein Genie sein müsse, und blickte ihn mit offener (und unbestreitbar faszinierender) Bewunderung an. Der Kurat aus Iping Hanger (der vor allem anderen Kelte war, Klavier spielte und von Malerei und Musik mit einem Anflug rassischer Überlegenheit sprach) beobachtete ihn neiderfüllt.

Der Vikar, der sogleich gekapert und neben Lady Hammergallow gesetzt wurde, warf ständig einen besorgten Blick engelwärts, während sie ihm nähere Einzelheiten über das Einkommen von Geigern erzählte – Einzelheiten, welche sie größtenteils während des Erzählens erfand. Der Vorfall mit den Brillen hatte ihre gute Laune ein wenig getrübt, aber sie war dann zu der Überzeugung gelangt, daß er sich noch im Rahmen zulässiger Originalität bewegte.

Nun vergegenwärtigen Sie sich bitte den Grünen Salon in Haus Siddermorton; ein Engel, notdürftig mit dem Anzug eines Geistlichen verkleidet und eine Geige in den Händen, steht bei einem Flügel, und dazu eine ehrbare Gruppe von stillen, netten Leuten, hübsch gekleidet, überall im Raum verteilt. Erwartungsvolles Geschnatter – vereinzelte Bruchstücke der Konversation sind hörbar.

„Er ist *inkognito*", sagte die allerälteste Miss Papaver zu Mrs. Pirbright. „Wie eigenartig und köstlich! Jessica Jehoram sagt, sie habe ihn in Wien gesehen, aber sie kann sich an den Namen nicht mehr erinnern. Der Vikar weiß alles über ihn, aber er ist so verschlossen . . ."

„Wie aufgeregt und verlegen der Vikar wirkt", sagte Mrs. Pirbright. „Ich habe es schon vorher bemerkt, als er sich neben Lady Hammergallow setzte. Sie will einfach seinen Kleidern *keine* Beachtung schenken. Sie fährt fort . . ."

„Seine Krawatte ist auch schief", sagte die allerälteste Miss Papaver, „und seine Haare! Es schaut wirklich so aus, als hätte er sie heute noch nicht gebürstet."

„Scheint ein Ausländer zu sein. Affektiert. Alles recht schön und gut in einem Salon", sagte George Harringay, der mit der jüngeren Miss Pirbright etwas abseits saß. „Aber was mich anlangt, so bevorzuge ich einen männlichen Mann und eine weibliche Frau. Was meinen Sie?"

„Oh! – Das ist auch meine Meinung", sagte die jüngere Miss Pirbright.

„Geld und wieder Geld", sagte Lady Hammergallow. „Ich habe gehört, daß einige von ihnen recht elegante Häuser führen. Man würde es kaum glauben . . ."

„Ich liebe Musik, Mr. Engel, ich liebe sie leidenschaftlich. Sie ruft etwas in mir wach. Ich kann es nur schwer beschreiben", sagte Mrs. Jehoram. „Wer hat doch gleich diese köstliche

Antithese geprägt: ‚Leben ohne Musik ist barbarisch; Musik ohne Leben ist' – Meine Güte! Vielleicht erinnern Sie sich? ‚Musik ohne Leben' – war es nicht Ruskin?"

„Leider, ich weiß es nicht", sagte der Engel. „Ich habe nur sehr wenig Bücher gelesen."

„Wie reizend", sagte Mrs. Jehoram. „Ich wünschte, das hätte ich auch. Ich habe vollstes Verständnis für Sie. Ich würde genauso handeln, nur wir armen Frauen – ich glaube, es fehlt uns an Originalität – und hier unten wird man zu den verzweifeltsten Handlungen getrieben . . ."

„Ohne Zweifel ist er sehr *hübsch*. Aber bei einem Mann kommt es letztlich auf seine Körperkraft an", sagte George Harringay. „Was meinen Sie?"

„Oh! – Das ist auch meine Meinung", sagte die jüngere Miss Pirbright.

„Der verweichlichte Mann ist schuld an der männlichen Frau. Wenn der Glanz des Mannes sein Haar ist, was bleibt dann einer Frau noch? Und wenn Männer anfangen, mit hübschen roten Tupfen herumzulaufen . . ."

„Oh, George! Sie sind heute so schrecklich zynisch", sagte die jüngere Miss Pirbright. „Ich bin *sicher,* daß es keine Schminke ist."

„Ich bin wirklich nicht sein Vormund, meine liebe Lady Hammergallow. Natürlich ist es sehr liebenswürdig von Ihnen, solchen Anteil zu nehmen . . ."

„Werden Sie wirklich Improvisationen spielen?" sagte Mrs. Jehoram, girrend vor Entzücken.

„Sssch!" zischte der Kurat aus Iping Hanger.

Dann begann der Engel zu spielen, starr vor sich hin blickend und in Gedanken mit den Wundern des Landes der Engel beschäftigt, und unmerklich stahl sich die Traurigkeit, die ihn plötzlich ergriff, in die Fantasia, die er spielte. Sobald er die Gesellschaft vergaß, war die Musik seltsam und süß; sobald er seiner Umgebung gewahr wurde, wurde die Musik launig und grotesk. Aber auf den Vikar übte die Engelsmusik einen solchen Zauber aus, daß seine Befürchtungen beim ersten Ton, den der Engel spielte, von ihm wichen. Mrs. Jehoram saß da und schaute so verzückt und verständnisinnig, wie sie nur irgend konnte (obwohl die Musik manchmal recht rätselhaft war), und versuchte, einen Blick des Engels zu erhaschen. Er hatte wirklich ein wunderbar ausdrucksfähiges Gesicht, und die zartesten Empfindungen spiegelten sich in seinen Zügen! Und Mrs. Jehoram war eine Kennerin. George Harringay sah gelangweilt aus, bis die jüngere Miss Pirbright, die ihn anbetete, ihren zierlichen kleinen Schuh vorstreckte, um seinen männlichen Stiefel zu berühren, worauf er den Kopf wandte, um die weibliche Zartheit ihres koketten Blickes einzufangen, und getröstet war. Die allerälteste Miss Papaver und Mrs. Pirbright saßen vollkommen reglos und blickten fast vier Minuten lang fromm drein.

Dann sagte die älteste Miss Papaver im Flüsterton: „Geigenmusik ist für mich immer das reinste Vergnügen." Und Mrs. Pirbright antwortete: „Wir werden in dieser Gegend so selten mit schöner Musik verwöhnt." Und Miss Papaver sagte: „Er spielt sehr hübsch." Und Mrs. Pirbright: „Dieses exquisite Feingefühl!" Und Miss Papaver: „Besucht Willie noch den Unterricht?" Und so wisperten sie durcheinander.

Der Kurat aus Iping Hanger saß (so schien ihm) im Blickpunkt der ganzen Gesellschaft. Er hatte eine Hand an der Ohrmuschel, und sein Blick ruhte fest und starr auf dem Sockel der Hammergallow-Sèvres-Vase. Er bot durch seine Mundbewegungen eine Art kritischen Führer für jeden Anwesenden, der geneigt war, sich dieses kritischen Führers zu bedienen. Und er war großzügig. Sein Gesichtsausdruck war streng kritisch und wurde moduliert durch Anflüge von offener Mißbilligung und verhaltener Würdigung. Der Vikar lehnte sich in seinem Stuhl zurück, starrte auf das Gesicht des Engels und wurde sogleich in einen wunderbaren Traum versetzt. Lady Hammergallow blickte mit schnellen, ruckartigen Kopfbewegungen in die Runde, raschelte leise, aber beharrlich mit und versuchte, sich ein Urteil über die Wirkung der Musik des Engels zu bilden. Mr. Rathbone Slater starrte ganz feierlich in seinen Hut und sah sehr mitgenommen aus, und Mrs. Rathbone Slater machte sich im Geiste Aufzeichnungen von Mrs. Jehorams Ärmeln. Und die Luft über ihnen war erfüllt von herrlicher Musik – für alle, die Ohren hatten, zu hören.

„Kaum entsprechend bewegt", flüsterte Lady

Hammergallow mit heiserer Stimme und stieß dem Vikar plötzlich in die Rippen. Der Vikar wurde jäh aus dem Traumland herausgerissen. „Eh?" rief der Vikar erschrocken und sprang auf. „Sssch!" sagte der Kurat aus Iping Hanger, und alle waren empört über die brutale Taktlosigkeit Hillyers. „Das ist recht ungewöhnlich für den Vikar", sagte die allerälteste Miss Papaver, „sich so zu benehmen!" Der Engel spielte weiter.

Der Kurat aus Iping Hanger vollführte mit seinem Zeigefinger hypnotisierende Bewegungen, und als er dies eine Weile fortsetzte, wurde Mr. Rathbone Slater erstaunlich schlaff. Er drehte feierlich den Hut in seiner Hand und änderte die Blickrichtung. Der Vikar glitt vom Zustand ängstlichen Unbehagens wieder ins Traumland. Lady Hammergallow raschelte heftig und fand alsbald eine Möglichkeit, ihren Stuhl knarren zu lassen. Und schließlich war es zu Ende. „Grooooßartig", rief Lady Hammergallow aus, obwohl sie keinen Ton gehört hatte, und begann zu applaudieren. Daraufhin fingen alle zu klatschen an, außer Mr. Rathbone Slater, der dafür aber auf die Krempe seines Hutes klopfte. Der Kurat aus Iping Hanger klatschte mit kritischer Zurückhaltung.

„Daher sagte ich *(klatsch, klatsch, klatsch),* wenn Sie das Essen nicht auf meine Art kochen können *(klatsch, klatsch, klatsch),* dann müssen Sie *gehen*", sagte Mrs. Pirbright, kräftig applaudierend. „Diese Musik ist ein wahrer Hochgenuß."

„Ganz recht. Ich *schwelge* immer in Musik",

sagte die allerälteste Miss Papaver. „Und hat sie sich dann gebessert?"

„Nicht im geringsten", sagte Mrs. Pirbright.

Der Vikar wachte wieder auf und starrte im Salon herum. Hatten auch andere Leute diese Visionen gehabt oder nur er? Sicher sehen es alle . . . und beherrschen ihre Gefühle großartig. Es war undenkbar, daß solche Musik sie nicht berührte.

„Er benimmt sich ein wenig linkisch", sagte Lady Hammergallow und nahm die Aufmerksamkeit des Vikars in Anspruch. „Er verbeugt sich weder, noch lächelt er. Er sollte solche Absonderlichkeiten kultivieren. Jeder erfolgreich Vortragende ist mehr oder weniger linkisch."

„Ist das wirklich von Ihnen?" sagte Mrs. Jehoram und funkelte ihn mit ihren Augen an. „Einfach so, während des Spielens. Wirklich, es ist *wunderbar!* Einfach wunderbar."

„Ein wenig dilettantisch", sagte der Kurat aus Iping Hanger zu Mr. Rathbone Slater. „Ein großes Talent, ohne Zweifel, aber ein gewisser Mangel an regelmäßiger Übung. Es gab da ein oder zwei kleine Dinge . . . Ich würde gerne mit ihm sprechen."

„Seine Hose sieht wie eine Ziehharmonika aus", sagte Mr. Rathbone Slater. „Man sollte ihm das sagen. Es ist kaum schicklich."

„Können Sie Imitationen machen, Mr. Engel?" sagte Lady Hammergallow.

„Oh, machen Sie doch einige Imitationen!"

sagte Mrs. Jehoram. „Ich liebe Imitationen leidenschaftlich!"

„Es war großartig", sagte der Kurat aus Iping Hanger und schwenkte dabei seinen langen, unbestreitbar musikalischen Hände; „meiner Ansicht nach ein bißchen zu kompliziert. Ich habe es schon vorher irgendwo einmal gehört – aber ich weiß nicht mehr wo. Er hat zweifellos Talent, aber manchmal ist er – ungenau. Es fehlt die gewisse todsichere Präzision. Es wird noch jahrelange Disziplinierung brauchen."

„Ich kann diesen komplizierten Musikstücken nichts abgewinnen", sagte George Harringay. „Ich fürchte, ich habe einen einfachen Geschmack. Das Stück hatte, für meine Begriffe, keine *Melodie.* Nichts liebe ich mehr als einfache Musik. Melodie, Einfachheit, das ist es, was diesem Zeitalter meiner Meinung nach fehlt. Wir sind so überspannt. Alles ist so weit hergeholt. Eigene, bodenständige Gedanken und ‚Home, Sweet Home‘, dafür bin ich. Was meinen Sie?"

„Oh! Das ist auch meine Meinung – *absolut*", sagte die jüngere Miss Pirbright.

„Nun, Amy, du plauderst wie gewöhnlich mit George?" sagte Mrs. Pirbright quer durch den Raum.

„Wie gewöhnlich, Ma!" sagte die jüngere Miss Pirbright, warf heiter lächelnd einen flüchtigen Blick zu Miss Papaver und drehte sich wieder um, um nicht die nächste Äußerung Georges zu versäumen.

„Es würde mich interessieren, ob Sie und Mr. Engel ein Duett spielen könnten?" sagte Lady Hammergallow zu dem Kurat aus Iping Hanger, der ungewöhnlich verdrossen aussah.

„Es wäre mir sicher eine große Freude", sagte der Kurat aus Iping Hanger, und seine Miene hellte sich auf.

„Duette!" sagte der Engel. „Wir zwei. Dann kann er spielen. Ich war der Meinung – der Vikar erzählte mir . . ."

„Mr. Wilmerdings ist ein vollendeter Pianist", unterbrach der Vikar.

„Aber die Imitationen?" sagte Mrs. Jehoram, die Wilmerdings verabscheute.

„Imitationen!" sagte der Engel.

„Das Quieken eines Schweins, das Krähen eines Hahnes, verstehen Sie", sagte Mr. Rathbone Slater und fügte leiser hinzu, „das größte Vergnügen, das man einer Fiedel abgewinnen kann – *meiner* Meinung nach."

„Ich verstehe wirklich nicht", sagte der Engel. „Das Krähen eines Schweins!"

„Sie mögen keine Imitationen", sagte Mrs. Jehoram. „Ich auch nicht – wirklich nicht. Ich akzeptiere den Verweis. Ich denke, sie erniedrigen . . ."

„Vielleicht wird sich Mr. Engel nachher dazu bereit finden", sagte Lady Hammergallow, nachdem Mrs. Pirbright ihr die Angelegenheit erklärt hatte. Sie wollte ihrem Hörrohr kaum trauen. Sie war gewohnt, Imitationen zu hören, wenn sie danach verlangte.

Mr. Wilmerdings hatte sich ans Klavier gesetzt und sich während der Unterbrechung einem Berg von vertrauten Notenheften zugewandt. „Was halten Sie von dieser Barcarole von Spohr?" sagte er über die Schulter. „Ich nehme an, Sie kennen das Stück?" Der Engel war verwirrt.

Er öffnete das Heft vor dem Engel.

„Was für ein komisches Buch!" sagte der Engel. „Was bedeuten all diese verrückten Punkte?" (Bei diesen Worten gefror dem Vikar das Blut in den Adern.)

„Welche Punkte?" sagte der Kurat.

„Da!" sagte der Engel und deutete mit anklagendem Finger hin.

„Oh, *nun hören Sie aber auf!*" sagte der Kurat. Es folgte eines der flüchtigen, kurzen Schweigen, die bei gesellschaftlichen Zusammenkünften so viel zu bedeuten haben.

Dann wandte sich die älteste Miss Papaver zum Vikar. „Spielt Mr. Engel nach den üblichen . . . Musik – nach den üblichen Notenzeichen?"

„Das habe ich nie gehört", sagte der Vikar, der jetzt, nach dem ersten Schrecken, rot wurde. „Ich habe wirklich nie gesehen . . ."

Der Engel merkte, daß die Atmosphäre gespannt war, obwohl er nicht verstand, weshalb. Er wurde des argwöhnischen, unfreundlichen Ausdrucks in den Augenpaaren, die ihn betrachteten, gewahr. „Unmöglich!" hörte er Mrs. Pirbright sagen; „nach dieser *herrlichen* Musik." Die älteste Miss

Papaver trat sogleich zu Lady Hammergallow hin und begann, in ihr Hörrohr hinein zu erklären, daß Mr. Engel nicht mit Mr. Wilmerdings spielen wolle und ein Unvermögen vortäuschte, nach Noten zu spielen.

„Er kann nicht nach Noten spielen!" sagte Lady Hammergallow im Ton bemessenen Entsetzens. „Unsinn!"

„Noten!" sagte der Engel verwirrt. „Sind das Noten?"

„Er treibt den Scherz zu weit -- nur weil er nicht mit Wilmerdings spielen will", sagte Mr. Rathbone Slater zu George Harringay.

Es folgte eine erwartungsvolle Pause. Der Engel erkannte, daß er sich schämen sollte. Er schämte sich.

„Dann", sagte Lady Hammergallow, warf ihren Kopf zurück und sprach mit überlegter Entrüstung, während sie nach vorn rauschte, „wenn Sie nicht mit Mr. Wilmerdings spielen können, fürchte ich, kann ich Sie nicht mehr bitten, noch einmal zu spielen." Sie ließ es wie ein Ultimatum klingen. Die Brille in ihrer Hand zitterte heftig, so entrüstet war sie. Der Engel war bereits Mensch genug, um wahrzunehmen, daß er vernichtet war.

„Was ist los?" sagte die kleine Lucy Rustchuck, die im entfernteren Seitenerker war.

„Er hat sich geweigert, mit dem alten Wilmerdings zu spielen", sagte Tommy Rathbone Slater. „Was für ein toller Streich! Das alte Mädchen ist rot vor Zorn. Sie hält eine Menge von diesem Esel

Wilmerdings."

„Vielleicht, Mr. Wilmerdings, wollen Sie uns mit dieser köstlichen Polonaise von Chopin beehren", sagte Lady Hammergallow. Alle anderen waren still. Lady Hammergallows Entrüstung löste eine ähnliche Stille aus wie ein drohendes Erdbeben oder eine Sonnenfinsternis. Mr. Wilmerdings erkannte, daß er einen gesellschaftlichen Hilfsdienst leistete, wenn er sogleich begann, und (es sei ihm als Verdienst angerechnet, nun da er seine Schuldigkeit bald getan hat) er begann.

„Wenn ein Mann vorgibt, eine Kunst auszuüben", sagte George Harringay, „sollte er wenigstens so gewissenhaft sein, die Grundvoraussetzungen dieser Kunst zu erlernen. Was meinen . . ."

„Oh! Das ist auch meine Meinung", sagte die jüngere Miss Pirbright.

Dem Vikar war, als sei der Himmel über ihm eingestürzt. Er saß zusammengekauert in seinem Stuhl, ein gebrochener Mann. Lady Hammergallow setzte sich neben ihn und schien ihn zu übersehen. Ihr Atem ging schwer, aber ihr Gesicht wirkte erschreckend ruhig. Man nahm Platz. War der Engel empörend unwissend oder empörend unverschämt? Der Engel war sich undeutlich einer schrecklich beleidigenden Handlungsweise bewußt, war sich bewußt, daß er auf irgendeine rätselhafte Weise aufgehört hatte, der Mittelpunkt der Versammlung zu sein. Er sah vorwurfsvolle Verzweiflung in den Augen des Vikars. Er zog sich langsam in die Fensternische zurück und setzte sich auf einen kleinen achteckigen maurischen Hocker neben Mrs. Jehoram. Und unter den gegebenen Umständen bewertete er Mrs. Jehorams freundliches Lächeln höher, als es dies verdiente. Er legte die Violine auf die Fensterbank.

# 35

Mrs. Jehoram und der Engel abseits – Mr. Wilmerdings spielte.

„Ich habe mich so sehr nach einem Gespräch in aller Ruhe mit Ihnen gesehnt", sagte Mrs. Jehoram leise, „um Ihnen zu sagen, wie entzückend ich Ihr Spiel fand."

„Es freut mich, daß es Ihnen gefallen hat", sagte der Engel.

„Gefallen ist kaum das richtige Wort", sagte Mrs. Jehoram. „Ich war bewegt – zutiefst bewegt. All die anderen haben es nicht verstanden . . . Ich war froh, daß Sie nicht mit ihm gespielt haben."

Der Engel sah den Mechanismus, genannt Wilmerdings, an und war auch froh. (Für Engel ist Duett eine Art Wechselgespräch mit Geigen.) Aber er sagte nichts.

„Musik ist mir heilig", sagte Mrs. Jehoram. „Ich habe keine Ahnung von der Technik, aber irgend etwas liegt in ihr – ein Sehnen, ein Wunsch . . ."

Der Engel starrte sie an. Sie erwiderte seinen Blick.

„Sie verstehen das", sagte sie. „Ich merke, daß Sie es verstehen." Er war wirklich ein netter Junge, vielleicht frühreif, was seine Gefühle anlangte, und seine Augen waren wundervoll strahlend.

Ein Intervall von Chopin (op. 40) wurde mit unnachahmlicher Präzision gespielt.

Mrs. Jehoram hatte noch immer ein hübsches Gesicht, im Dunkeln, wobei das Licht über ihr goldenes Haar fiel, und plötzlich kam dem Engel eine merkwürdige Theorie in den Sinn. Der wahrnehmbare Puder bestärkte noch die Ahnung von etwas unendlich Hellem und Liebenswürdigem, das gefangen, getrübt, verroht und verhüllt wurde.

„Bist du?" sagte der Engel leise. „Bist du . . . getrennt von . . . *deiner* Welt?"

„So wie Sie", flüsterte Mrs. Jehoram.

„Da ist es so – kalt", sagte der Engel. „So roh!" Er meinte damit die ganze Welt.

„Ich spüre es auch", sagte Mrs. Jehoram und bezog sich auf Siddermorton Haus.

„Es gibt Leute, die nicht ohne Mitgefühl leben können", sagte sie nach einer verständnisvollen Pause. „Und Zeiten, in denen man sich allein fühlt auf der Welt. Und man kämpft gegen das alles an. Lacht, kokettiert, verbirgt den Schmerz . . ."

„Und hofft", sagte der Engel mit einem wundervoll strahlenden Blick – „Ja."

Mrs. Jehoram (die leidenschaftlich gern kokettierte) entschied, daß der Engel die Erwartungen, die sein Äußeres weckte, noch übertraf. (Zweifellos betete er sie an.) „Suchen *Sie* Mitgefühl?" sagte sie. „Oder haben Sie es gefunden?"

„Mir scheint", sagte der Engel sehr sanft und beugte sich vor, „mir scheint, ich habe es gefunden."

Wieder ein Intervall von Chopin op. 40. Die
allerälteste Miss Papaver und Mrs. Pirbright flüsterten. Lady Hammergallow (die Brille vor den
Augen) warf einen unfreundlichen Blick durch den
Salon auf den Engel. Mrs. Jehoram und der Engel
tauschten gerade tiefe und vielsagende Blicke.

„Sie", sagte der Engel (Mrs. Jehoram machte
eine Bewegung), „heißt Delia. Sie ist . . ."

„Delia!" sagte Mrs. Jehoram schneidend und
wurde sich allmählich eines schrecklichen Mißver-
ständnisses bewußt. „Ein sonderbarer Name . . .
Aber! . . . Nein! Nicht das kleine Dienstmädchen
im Pfarrhaus? . . ."

Die Polonaise endete mit einem Tusch. Der
Engel war über den geänderten Gesichtsausdruck
Mrs. Jehorams recht überrascht.

„Das habe ich *nie* getan!" sagte Mrs. Jehoram
und faßte sich langsam. „Mich zu Ihrer Vertrauten
in einer Affäre mit einem Dienstboten zu machen.
Wirklich, Mr. Engel, man kann auch die Originalität übertreiben . . ."

Dann wurde ihr Gespräch plötzlich unterbrochen.

Dieser Abschnitt ist (soweit ich mich erinnern kann) der kürzeste des Buches.

Aber die Ungeheuerlichkeit der Beleidigung macht die Absonderung dieses Abschnittes von allen anderen notwendig.

Der Vikar, müssen Sie wissen, hatte sein Bestes getan, um dem Engel die gängigen Eigenschaften, die einen Gentleman hervorheben, einzuschärfen. „Lassen Sie niemals zu, daß eine Dame irgend etwas trägt", sagte der Vikar. „Sagen Sie, ‚gestatten Sie‘, und helfen Sie ihr." „Bleiben Sie immer so lange stehen, bis alle Damen Platz genommen haben." „Stehen Sie immer auf, um der Dame die Tür zu öffnen . . ." und so weiter. (Alle Männer, die ältere Schwestern haben, kennen diesen Sittenkodex.)

Und der Engel (der es verabsäumt hatte, Lady Hammergallow die Teetasse abzunehmen) eilte mit erstaunlicher Gewandtheit hinzu (Mrs. Jehoram auf der Fensterbank zurücklassend), entriß mit einem eleganten „Gestatten Sie" dem hübschen Stubenmädchen Lady Hammergallows das Teetablett und verschwand eilfertig wieder. Der Vikar sprang mit einem unartikulierten Schrei auf.

„Er ist betrunken!" sagte Mr. Rathbone Slater und brach damit ein furchtbares Schweigen. „*Das* ist mit ihm los."

Mrs. Jehoram lachte hysterisch.

Der Vikar stand auf und blieb mit starrem Blick wie gelähmt stehen. „Oh! Ich habe ihm die Dienstboten nicht erklärt!" sagte der Vikar in einer flüchtigen Anwandlung von schlechtem Gewissen bei sich. „Ich dachte, er weiß, was Dienstboten sind."

„Wirklich, Mr. Hillyer!" sagte Lady Hammergallow, die sich offensichtlich in ungeheurer Selbstbeherrschung übte und, während sie sprach, immer wieder krampfhaft nach Luft schnappte. „Wirklich, Mr. Hillyer! Ihr Künstler benimmt sich *zu* entsetzlich. Ich muß, ich *muß* Sie wirklich bitten, ihn nach Hause zu bringen."

Deshalb tauchte der Vikar plötzlich während des Gespräches zwischen beunruhigtem Dienstmädchen und wohlmeinendem (aber haarsträubend unmöglichem) Engel auf dem Gang auf; sein traubenförmiges, kleines Gesicht war karmesinrot, in seinen Augen lag finstere Verzweiflung, und sein Krawattenknopf saß unter dem linken Ohr.

„Kommen Sie", sagte er – und kämpfte mit

einer Gefühlsaufwallung. „Kommen Sie, gehen wir... Ich... ich bin für immer in Ungnade gefallen."

Und der Engel starrte ihn eine Sekunde lang an und gehorchte demütig und fühlte, daß er von unbekannten, aber offenbar schrecklichen Mächten umgeben war.

Bei der informellen Protestversammlung, die dann folgte, nahm Lady Hammergallow auf dem (informellen) Stuhl Platz. „Ich fühle mich gedemütigt", sagte sie. „Der Vikar versicherte mir, er sei ein vorzüglicher Musiker. Ich hätte mir nie träumen lassen..."

„Er war betrunken", sagte Mr. Rathbone Slater. „Man konnte es schon daran sehen, wie er mit seiner Teetasse kämpfte."

„Solch ein *Fiasko!*" sagte Mrs. Mergle.

„Der Vikar versicherte mir", sagte Lady Hammergallow. „,Der Mann, der sich bei mir aufhält, ist ein musikalisches Genie', sagte er. Das waren genau seine Worte."

„Die Ohren müssen ihm brummen, bei solcher Nachrede", sagte Tommy Rathbone Slater.

„Ich versuchte, ihn zu beruhigen", sagte Mrs. Jehoram, „indem ich auf ihn einging. Und wenn Sie wüßten, was er dort zu mir gesagt hat!"

„Das Stück, das er spielte", sagte Mr. Wilmerdings, „– ich muß gestehen, ich wollte es ihm nicht ins Gesicht sagen. Aber jetzt ganz offen! Es *plätscherte* einfach nur dahin."

„Nur ein Herumblödeln auf einer Geige, was?"

sagte George Harringay. „Ich dachte, es gehe über meinen Horizont. So vieles von eurer erlesenen Musik ist . . .“

„Oh, *George!*“ sagte die jüngere Miss Pirbright.

„Der Vikar hatte auch einen kleinen Schwips – seiner Krawatte nach zu urteilen“, sagte Mr. Rathbone Slater. „Es ist eine verdammt komische Geschichte. Haben Sie bemerkt, wie er dem Künstler nachhastete?“

„Man muß so überaus vorsichtig sein“, sagte die allerälteste Miss Papaver.

„Er erzählte mir, er sei in das Hausmädchen des Vikars verliebt!“ sagte Mrs. Jehoram. „Ich hätte ihm beinahe ins Gesicht gelacht.“

„Der Vikar hätte ihn *nie* hierherbringen dürfen“, sagte Mrs. Rathbone Slater mit Entschiedenheit.

## 38

So endete das erste und letzte Auftreten des
Engels in der Gesellschaft recht unrühmlich. Vikar
und Engel kehrten in das Pfarrhaus zurück; zwei
niedergeschlagene, finstere Gestalten, die im hellen
Sonnenschein mutlos dahingingen. Den Engel
schmerzte es, daß es den Vikar schmerzte. Der
Vikar, verstört und verzweifelt, mischte immer
wieder Ausbrüche von Schuldgefühlen und Befürchtungen mit unzusammenhängenden Erläute-
rungen der Etikette. „Die Leute verstehen nicht",
sagte der Vikar wieder und wieder. „Sie werden alle
so gekränkt sein. Ich weiß nicht, was ich zu ihnen
sagen soll. Es ist alles so kompliziert, so verwirrend." Und beim Tor des Pfarrhauses, genau an der
Stelle, an der Delia zum ersten Mal so lieblich
ausgesehen hatte, stand Horrocks, der Dorfpolizist,
und erwartete sie. Er hatte kurze Stücke von Stacheldraht um seine Hand gewickelt.

„Guten Abend, Horrocks", sagte der Vikar, als
der Polizist das Tor für sie öffnete.

„Guten Abend, Sir", sagte Horrocks und fügt
geheimnisvoll flüsternd hinzu: „Könnte ich Sie
kurz sprechen, Sir?"

„Sicher", sagte der Vikar. Der Engel ging
nachdenklich weiter in das Haus, und als er Delia

in der Diele traf, hielt er sie an und unterwarf sie einem ausführlichen Kreuzverhör über die Unterschiede zwischen Dienstmädchen und Damen.

„Sie entschuldigen, daß ich mir die Freiheit nehme, Sir", sagte Horrocks, „aber es gibt Ärger wegen dem verkrüppelten Herrn, der sich hier bei Ihnen aufhält."

„Verdammt!" sagte der Vikar. „Das ist doch nicht Ihr Ernst!"

„Sir John Gotch, Sir. Er ist tatsächlich sehr aufgebracht, Sir. Seine Worte, Sir – aber ich fühle mich verpflichtet, es Ihnen mitzuteilen, Sir. Er ist sicher entschlossen, eine gerichtliche Vorladung wegen des Stacheldrahts da zu erwirken. Fest entschlossen, Sir, fest."

„Sir John Gotch!" sagte der Vikar. „Draht! Ich verstehe nicht."

„Ich soll herausfinden, wer es getan hat. Natürlich habe ich meine Pflicht erfüllen müssen, Sir. Sicher war es eine unangenehme."

„Stacheldraht! Pflicht! Ich verstehe Sie nicht, Horrocks."

„Ich fürchte, Sir, es hat keinen Sinn, den Tatbestand zu leugnen. Ich habe sorgfältige Nachforschungen angestellt, Sir." Und sogleich begann der Polizist, dem Vikar von einer neuen und schrecklichen Verfehlung zu erzählen, die der Besucher aus dem Land der Engel begangen hatte.

Aber wir brauchen dieser Erklärung nicht in allen Einzelheiten zu folgen – auch nicht dem folgenden Geständnis. (Was mich betrifft, so halte ich nichts für ermüdender und langweiliger als Dialoge.) Es zeigte dem Vikar eine neue Seite des Charakters des Engels, die Fähigkeit zur Entrüstung. Ein schattiger Weg, die Sonne bricht an einigen Stellen durch, zu beiden Seiten liebliche Hecken, voll mit Geißblatt und Wicke, und ein kleines Mädchen, das Blumen pflückt und auf den Stacheldraht vergißt, der entlang der Sidderford Road die Erlauchtheit des Sir John Gotch vor „Proleten" und dem verabscheuten „Mob" schützt. Dann plötzlich eine verletzte Hand, ein Schmerzensschrei, und der Engel – mitfühlend, tröstend, wißbegierig. Erklärungen unter Schluchzen, und dann – ein völlig neues Phänomen in der Laufbahn des Engels – *Zorn*. Ein wütender Angriff auf Sir John Gotchs Stacheldraht, der Stacheldraht wird grob behandelt, gezerrt, verbogen und abgebrochen. Dennoch handelte der Engel eigentlich ohne böswillige Absicht – sah in dem Ding nur eine häßliche und gefährliche Pflanze, die heimtückisch zwischen den Artgenossen wucherte. Schließlich zeigten die Erklärungen dem Vikar das Bild des Engels, wie er allein inmitten der von ihm angerichteten Zerstörung stand, bebend und von der plötzlichen Kraft in Staunen versetzt, die ihm fremd war, ihn plötzlich erfaßt hatte und ihn zwang, zu schlagen und zu zerstören. In Staunen versetzt auch von dem roten Blut, das von seinen Fingern tropfte.

„Dann ist es noch entsetzlicher", sagte der Engel, als ihm der Vikar die künstliche Beschaffenheit des Dinges erklärte. „Wenn ich den Mann gesehen hätte, der dieses dumme, grausame Zeug dort angebracht hat, um kleine Kinder zu verletzen, hätte ich bestimmt versucht, ihm Schmerz zuzufügen. Ich habe so etwas nie zuvor in mir gespürt. Ich werde tatsächlich von der Bosheit dieser Welt angesteckt, sie färbt auf mich ab.

Und sich vorzustellen, daß ihr Menschen so dumm sein solltet, Gesetze zu billigen, die jemandem gehässige Dinge gestatten! Ja – ich weiß; du wirst sagen, das muß so sein. Aus irgendeinem abwegigen Grund. Das verärgert mich nur noch mehr. Warum kann ein Gesetz nicht auf seinem Wert beruhen? . . . Wie es im Land der Engel üblich ist."

Das war das Ereignis, dessen Hergang der Vikar jetzt allmählich erfuhr, wobei ihm Horrocks die dürren Fakten lieferte und anschließend der Engel Farbe und Empfindung. Das Ganze hatte sich am Tag vor dem Musikfest in Haus Siddermorton zugetragen.

„Haben Sie Sir John gesagt, wer es getan hat?" fragte der Vikar. „Sind Sie sich sicher?"

„Vollkommen sicher, Sir. Es kann keinen Zweifel geben, daß es dieser Herr war, Sir. Ich habe es Sir John noch nicht gesagt, Sir. Aber ich werde es Sir John heute abend sagen müssen.

Das geht nicht gegen Sie, Sir, wie Sie, so hoffe ich, verstehen werden. Es ist meine Pflicht, Sir. Außerdem . . ."

„Natürlich", sagte der Vikar hastig. „Ganz

sicher ist das Ihre Pflicht. Und was wird Sir John tun?"

„Er ist schrecklich aufgebracht über die Person, die es gewagt hat – Eigentum auf diese Weise zu zerstören – und seinen Anordnungen, sozusagen, einen Schlag ins Gesicht zu versetzen."

Pause. Horrocks machte eine Bewegung. Der Vikar, die Krawatte inzwischen fast im Nacken, was bei ihm recht ungewöhnlich war, starrte mit leerem Blick auf die Schuhspitzen.

„Ich hielt es für besser, es Ihnen zu sagen", sagte Horrocks.

„Ja", sagte der Vikar. „Danke, Horrocks, danke!" Er kratzte sich am Hinterkopf. „Sie könnten vielleicht . . . ich denke, es ist am besten . . . Ganz sicher, daß es Mr. Engel getan hat?"

„Sherlock Holmes, Sir, könnte nicht todsicherer sein."

„Dann wird es am besten sein, ich gebe Ihnen eine kurze Mitteilung für den Friedensrichter mit."

## 39

An diesem Abend war das Tischgespräch des Vikars, nachdem der Engel seine Argumente dargelegt hatte, voll von grimmigen Erklärungen, Gefängnissen, Tollheit.

„Es ist jetzt zu spät, die Wahrheit über Sie zu sagen", sagte der Vikar. „Außerdem ist das unmöglich. Ich weiß wirklich nicht, was ich sagen sollte. Ich vermute, wir müssen den Tatsachen ins Auge blicken. Ich bin so unschlüssig – so zerrissen. Das machen diese zwei Welten. Wenn Ihr Land der Engel doch nur ein Traum wäre, oder wenn *diese* Welt nur ein Traum wäre – oder wenn ich einen der beiden oder beide Träume glauben könnte, wäre mir geholfen. Aber da ist ein wirklicher Engel und eine wirkliche gerichtliche Vorladung – wie ich sie in Einklang bringen soll, weiß ich nicht. Ich muß mit Gotch sprechen . . . Aber er wird es nicht verstehen. Niemand wird es verstehen . . ."

„Ich bringe dich in schreckliche Schwierigkeiten, fürchte ich. Meine entsetzliche Weltfremdheit . . ."

„Es liegt nicht an Ihnen", sagte der Vikar. „Es liegt nicht an Ihnen. Es ist mir klar, daß Sie etwas Fremdes und Schönes in mein Leben gebracht haben. Es liegt nicht an Ihnen. Es liegt an mir.

Wenn ich mehr Glauben an eine der beiden Welten besäße. Wenn ich völlig an diese Welt glauben könnte und Sie ein ‚abnormes Phänomen‘ nennen könnte, wie Crump das tut. Aber nein. Irdisch engelhaft, engelhaft irdisch . . . hin und her.

Trotzdem, Gotch wird ganz sicher unangenehm sein, *sehr* unangenehm. Er ist immer unangenehm. Es liefert mich ihm aus. Moralisch gesehen, ist er ein schlechter Einfluß, das weiß ich. Trinken. Spielen. Schlimmer noch. Dennoch, man muß dem Kaiser geben, was des Kaisers ist. Und er ist gegen die Trennung von Staat und Kirche . . .“

Dann kam der Vikar auf das gesellschaftliche Fiasko des Nachmittags zurück. „Sie sind so bedingungslos, wissen Sie“, sagte er – einige Male.

Der Engel ging in sein Zimmer, er war verwirrt, aber auch sehr niedergeschlagen. Mit jedem Tag hatte ihn die Welt finsterer angeblickt, ihn und sein engelhaftes Wesen. Er bemerkte, wie Sorge den Vikar ergriff, konnte aber keine Möglichkeit entdecken, wie er das verhindern sollte. Es war alles zu fremd und unbegreiflich. Auch war er wieder zweimal mit einem Hagel von Wurfgeschossen aus dem Dorf gejagt worden.

Er fand die Violine auf dem Bett, dort, wo er sie vor dem Essen hingelegt hatte. Und er nahm sie auf und begann zu spielen, um sich zu trösten. Aber jetzt spielte er keine zarte Vision vom Land der Engel. Die Kälte der Welt war in seine Seele gekrochen. Eine Woche lang hatte er jetzt Schmerz und Ablehnung, Argwohn und Haß kennengelernt; ein fremder, neuer Geist des Aufruhrs regte sich in seinem Herzen. Er spielte eine Melodie, noch immer lieblich und zart wie jene aus dem Land der Engel, aber behaftet mit einem neuen Ton, dem Ton menschlichen Leides und menschlicher Plagen, bald anschwellend wie zu einem Trotz, bald zu klagender Trauer ersterbend. Er spielte sanft, spielte nur für sich, um sich zu trösten, aber der Vikar hörte es, und all seine irdischen Sorgen wurden von einer vagen Melancholie verdrängt, einer Melancholie, die weit entfernt von Sorge war. Und außer dem Vikar hatte der Engel noch einen Zuhörer, an den weder der Engel noch der Vikar dachten.

## 40

Sie war im westwärts gelegenen Giebel, keine fünf Meter vom Engel entfernt. Das aus rhombenförmigen Scheiben zusammengesetzte Fenster stand offen. Sie kniete auf der lackierten Weißblechkiste, und das Kinn ruhte auf ihren Händen, ihre Ellbogen waren am Fensterbrett aufgestützt. Der Mond, der gerade aufgegangen war, stand über den Kiefern, und sein Schein, kühl und bleich, lag sanft auf der stillen, schlafenden Welt. Sein Schein fiel auf ihr weißes Gesicht und enthüllte eine ganz neue Tiefe in ihren traumverlorenen Augen. Ihre weichen Lippen öffneten sich und entblößten ihre weißen Zähne.

Gedanken gingen durch Delias Kopf, verschwommen, wunderbar, wie es bei Mädchen so zu sein pflegt. Es war mehr ein Fühlen als ein Denken; Wolken wunderbarer, lichter Gefühle trieben über den klaren Himmel ihres Geistes, nahmen Gestalt an, wandelten sich und verschwanden. Sie besaß all jene Zartheit des Gefühls, jenes zarte, innige Verlangen, sich aufzuopfern, das auf unerforschliche Weise im Herzen eines Mädchens vorhanden ist und, wie es scheint, nur vorhanden ist, um sogleich unter den rohen und erbarmungslosen Wechselfällen des alltäglichen Lebens zertreten zu werden, um gleich wieder grob und unbarmherzig umgepflügt zu werden, so wie der Bauer den Klee umpflügt, der aus dem Boden herausprießt. Lange bevor der Engel zu spielen begonnen hatte, hatte sie schon in die Stille des Mondlichts hinausgeschaut – und gewartet; dann war plötzlich die ruhige, reglose Schönheit aus Silber und Dunkel von zärtlicher Musik durchflutet worden.

Sie bewegte sich nicht, aber ihre Lippen schlossen sich, und ihr Blick wurde noch sanfter. Sie hatte an die seltsame Pracht gedacht, die plötzlich den Buckligen umstrahlt hatte, als er sich verbeugt und mit ihr bei Sonnenuntergang gesprochen hatte; daran und an ein Dutzend weiterer Blicke und gelegentlicher Zusammentreffen, einmal hatte er sogar ihre Hand berührt. An jenem Nachmittag, an dem er ihr so seltsame Fragen gestellt hatte. In diesem Augenblick schien die Musik sein Antlitz vor ihr erstehen zu lassen, seinen halb besorgten, halb neugierigen Blick, der auf ihr Gesicht, ihre Augen gerichtet war, dieser Blick, der in sie hinein- und durch sie hindurchging, der bis tief in ihre Seele drang. Jetzt schien er das Wort direkt an sie zu richten, schien ihr von seiner Einsamkeit und seinem Kummer zu erzählen. Oh, diese Trauer, diese Sehnsucht! Denn er hatte Kummer. Und wie konnte ihm ein Dienstmädchen helfen, diesem so freundlichen Gentleman, der so gut war, der so wunderbar spielte. So wunderbar und ergreifend war die Musik, und so mitten ins Herz traf sie, daß sich bald eine Hand fest um die andere schloß und

Tränen über Delias Gesicht rannen.

Crump würde Ihnen versichern, daß Menschen so etwas nicht tun, außer wenn ihr Nervensystem nicht in Ordnung ist. Aber dann muß Liebe, vom Standpunkt der Wissenschaft aus gesehen, ein pathologischer Zustand sein.

Ich bin mir der anstößigen Wirkung dieses Abschnitts meiner Erzählung peinlich bewußt. Ich habe sogar flüchtig erwogen, die Wahrheit vorsätzlich zu entstellen, um die Damen unter meinen Lesern versöhnlich zu stimmen. Aber ich habe es nicht über mich gebracht. Die Geschichte bedeutet mir zuviel. Offen und ehrlich möchte ich sie berichten. Delia muß bleiben, was sie gewesen ist – ein Dienstmädchen. Es ist mir klar, daß mich die Tatsache, daß ich einem gewöhnlichen Dienstmädchen oder wenigstens einem englischen Dienstmädchen die verfeinerten Gefühle eines menschlichen Wesens zugestehe, daß ich sie sprechen lasse, ohne Vokale oder Konsonanten ständig auf unerträgliche Weise zu verschlucken, aus dem Kreis reputierlicher Schriftsteller verbannt. Umgang mit Dienstboten, sei es auch nur in Gedanken, ist in unseren Zeiten gefährlich. Ich kann nur einwenden (vergeblich, wie ich weiß), daß Delia ein ganz außerordentliches Dienstmädchen war. Möglicherweise würde man, stellte man Nachforschungen an, herausfinden, daß ihre Familie der oberen Mittelklasse angehörte – daß sie aus dem feineren Stoff der oberen Mittelklasse gemacht worden ist. Und (das wird mir vielleicht von größerem Nutzen sein) ich werde versprechen, daß ich in einem meiner nächsten Werke das Gleichgewicht wiederherstellen werde und dem geduldigen Leser wieder die althergebrachte Typisierung liefere, unförmige Hände und Füße, systematisches Verschlucken von Lauten, kein gefälliges Äußeres (nur Mädchen aus der Mittelklasse haben ein gefälliges Äußeres – so etwas übersteigt die Grenzen eines Dienstmädchens), Stirnfransen (nach Vereinbarung) und eine fröhliche Bereitwilligkeit, ihre Selbstachtung um ein Fünfshillingstück zu verschleudern. Das ist die angemessene englische Dienstbotin, die typische Engländerin (wenn sie ohne Geld und Bildung ist), wie sie uns in den Werken zeitgenössischer Schriftsteller entgegentritt. Aber Delia war irgendwie anders. Ich kann diesen Umstand nur bedauern – er lag vollkommen außerhalb meiner Verfügungsgewalt.

## 41

Am nächsten Morgen, zeitig in der Früh, ging der Engel durch das Dorf, überkletterte den Zaun und watete durch das hüfthohe Schilf, das den Sidder säumte. Er ging zur Bandram-Bucht, um das Meer aus nächster Nähe betrachten zu können, das man sonst nur an klaren Tagen von den Anhöhen des Siddermorton-Parks sehen konnte. Und plötzlich stieß er auf Crump, der auf einem Klotz saß und rauchte. (Crump rauchte jede Woche genau 60 Gramm Tabak – und er rauchte ihn immer an der frischen Luft.)

„Hallo!" sagte Crump mit einer vor Gesundheit strotzenden Stimme. „Wie geht's dem Flügel?"

„Sehr gut", sagte der Engel. „Der Schmerz ist weg."

„Ich nehme an, Sie wissen, daß Sie hier unbefugt eindringen?"

„Unbefugt eindringen!" sagte der Engel.

„Ich glaube, Sie wissen nicht, was das heißt." sagte Crump.

„Nein", sagte der Engel.

„Ich muß Ihnen gratulieren. Ich weiß nicht, wie lange Sie das durchhalten, aber Sie machen es bemerkenswert gut. Ich dachte zuerst, Sie seien ein genialer Narr, aber Sie sind so erstaunlich konsequent. Diese Haltung bodenloser Ignoranz, was die grundlegenden Dinge des Lebens betrifft, ist eine recht amüsante Pose. Sie machen natürlich Fehler, aber nur sehr wenige. Aber sicherlich verstehen wir beide einander.“

Er lächelte den Engel an. „Sie würden Sherlock Holmes schlagen. Ich wüßte gerne, wer Sie wirklich sind.“

Der Engel lächelte zurück, die Augenbrauen hochgezogen und die Hände ausgebreitet. „Du wirst niemals wissen, wer ich bin. Deine Augen sind blind, deine Ohren taub, deine Seele verhärtet für all das, was an mir wunderbar ist. Es hat keinen Sinn, wenn ich dir sage, daß ich in eure Welt gefallen bin.“

Der Doktor schwenkte seine Pfeife. „Nicht das schon wieder, bitte. Ich will Sie nicht aushorchen, wenn Sie Ihre Gründe haben, darüber zu schweigen. Nur möchte ich Sie bitten, auf Hillyers geistige Verfassung Rücksicht zu nehmen. Er glaubt diese Geschichte wirklich.“

Der Engel zuckte mit seinen schwindenden Flügeln.

„Sie haben ihn vor dieser Sache nicht gekannt. Er hat sich schrecklich verändert. Früher war er ordentlich und angenehm. Die letzten vierzehn Tage schien er ziemlich zerstreut, mit diesem abwesenden Blick in seinen Augen. Letzten Sonntag predigte er ohne Manschettenknöpfe, und auch mit der Krawatte stimmte etwas nicht, und als Bibelstelle wählte er aus: ‚Kein Auge hat es geschaut, kein Ohr hat es gehört.' Er glaubt wirklich all diesen Unsinn vom Land der Engel. Der Mann ist an der Grenze zur Monomanie!"

„Du *willst* die Dinge von deinem Standpunkt sehen", sagte der Engel.

„Jeder muß das. Jedenfalls halte ich es für sehr bedauerlich, diesen armen alten Kerl so auf diese Idee zu fixieren, wie Sie dies offensichtlich getan haben. Ich habe keine Ahnung, woher Sie kommen oder wer Sie sind, aber ich warne Sie, ich werde nicht mehr lange zusehen, wie Sie aus dem alten Knaben einen Narren machen."

„Aber ich mache aus ihm keinen Narren. Er beginnt ganz einfach von einer Welt zu träumen, die er nicht kennt . . ."

„Das reicht mir nicht", sagte Crump. „Ich bin nicht von gestern. Sie sind entweder – ein Irrer auf freiem Fuß (was ich allerdings nicht glaube) oder ein Schurke. Eine andere Möglichkeit gibt es nicht. Ich glaube, mit dieser Welt kenne ich mich ein wenig aus, ganz gleich, was ich von Ihrer wissen mag. Schön. Wenn Sie Hillyer nicht in Ruhe lassen, werde ich mich mit der Polizei in Verbindung setzen und Sie entweder ins Gefängnis bringen, wenn Sie Ihre Geschichte widerrufen, oder, wenn Sie das nicht tun, ins Irrenhaus. Es geht vielleicht zu weit, aber ich versichere Ihnen, daß ich Sie morgen amtlich für geisteskrank erklären werde, um Sie aus dem Dorf zu schaffen. Nicht nur wegen des Vikars. Das wissen Sie. Ich hoffe, das war deutlich genug. Nun, was haben Sie darauf zu erwidern?"

Mit dem Anschein großer Ruhe nahm der Doktor sein Federmesser heraus und fuhr mit der Klinge in den Pfeifenkopf. Die Pfeife war ihm während dieser Rede ausgegangen.

Einen Augenblick lang sprach keiner von beiden. Der Engel sah sich um, er war blaß geworden. Der Doktor zog einen Pfropfen Tabak aus der Pfeife und warf ihn weg, klappte das Federmesser zu und steckte es in seine Westentasche. Er hatte nicht ganz so mit Nachdruck sprechen wollen, aber bei Reden wurde er immer etwas hitzig.

„Gefängnis", sagte der Engel. „Irrenhaus! Laß mich überlegen." Dann erinnerte er sich an die Erklärung des Vikars. „Nur das nicht!" sagte er. Er näherte sich Crump mit weitgeöffneten Augen und ausgestreckten Händen.

„Ich wußte, *Sie* würden jedenfalls wissen, was diese Dinge bedeuten. Setzen Sie sich", sagte Crump und deutete mit einer Kopfbewegung auf den Baumstumpf neben sich.

Der Engel setzte sich zitternd auf den Baumstumpf und starrte den Doktor an.

Crump nahm seinen Tabaksbeutel heraus. „Du bist ein seltsamer Mensch", sagte der Engel. „Deine Überzeugungen sind – wie eine eherne Mauer."

„Das ist wahr", sagte Crump – geschmeichelt.

„Aber ich sage dir – ich versichere dir, das Ganze ist so – es gibt nichts, oder wenigstens erinnere ich mich an nichts, das ich von dieser Welt gewußt hätte, ehe ich mich in der Dunkelheit der Nacht auf dem Moor oberhalb Sidderfords wiedergefunden habe."

„Wo haben Sie dann die Sprache gelernt?"

„Ich weiß es nicht. Ich sage dir nur – aber ich habe nicht den kleinsten Beweis, um dich zu überzeugen."

„Und Sie glauben wirklich", sagte Crump, der plötzlich zu ihm herüberkam und ihm in die Augen blickte; „Sie glauben wirklich, Sie seien früher ewig in einem wunderbaren Himmel gewesen?"

„Ja", sagte der Engel.

„Pah!" sagte Crump und zündete die Pfeife an. Er rauchte eine Weile. Er hatte den Ellbogen auf dem Knie aufgestützt, und der Engel beobachtete ihn. Dann schien die Sorge langsam aus seinem Gesicht zu weichen.

„Es ist einfach möglich", sagte er, mehr zu sich als zum Engel, und schwieg neuerlich.

„Wissen Sie", sagte er und brach das Schweigen wieder, „es gibt so etwas wie Persönlichkeitsspaltung . . . Ein Mensch vergißt manchmal, wer er ist, und denkt, er sei jemand anders. Verläßt das Zuhause, die Freunde und alles andere und führt ein Doppelleben. Erst vor einem Monat hat ,Nature' von so einem Fall berichtet. Der Mann war zeitweise Engländer und Rechtshänder und zeitweise Waliser und Linkshänder. Wenn er Engländer war, konnte er nicht Walisisch sprechen, wenn er Waliser war, konnte er nicht Englisch . . . Hm."

Plötzlich drehte er sich zum Engel und sagte:

„Zuhause!" Er glaubte, er könnte im Engel irgendeine latente Erinnerung an die verlorene Jugend wachrufen. Er fuhr fort: „Dada, Papa, Vati, Mami, Pa, Vater, Alter, alter Knabe, Mutter, liebe Mutter, Ma, Mutti... Hat keinen Sinn. Weshalb lachen Sie?"

„Oh, nichts", sagte der Engel. „Du hast mich ein bißchen überrascht – das ist alles. Vor einer Woche noch hätte mich dieser Wortschatz verwirrt."

Eine Minute lang sah Crump den Engel schweigsam und streng aus den Augenwinkeln an.

„Sie haben so ein kluges Gesicht. Sie zwingen mich fast, Ihnen zu glauben. Sie sind sicher kein gewöhnlicher Irrer. Ihr Geist – sieht man von dem Verlust einer Vergangenheit ab – scheint recht ausgeglichen zu sein. Ich wünschte, Nordau oder Lombroso oder irgendeiner von diesen Saltpetrière-Leuten könnte einen Blick auf Sie werfen. In dieser Gegend kann man über Fälle von Geisteskrankheiten keine Erfahrung sammeln, die der Rede wert wäre. Es gibt einen Idioten – und der ist nur ein verdammter Idiot von einem Idioten –, alle übrigen sind durchaus geistig gesund."

„Möglicherweise erklärt das ihr Benehmen", sagte der Engel nachdenklich.

„Aber um Ihre prinzipielle Situation hier in Betracht zu ziehen", sagte Crump, ohne die Bemerkung zu beachten, „ich betrachte Sie hier wirklich als schlechten Einfluß. Diese Phantasien sind ansteckend. Es ist nicht einfach nur der Vikar.

Es gibt auch einen Mann namens Shine, der auch von dieser Schrulle befallen ist, und er war eine Woche lang betrunken, ununterbrochen, und drohte jeden niederzuschlagen, der behauptete, Sie seien kein Engel. Dann ist noch ein Mann drüben in Sidderford, so höre ich, der von einer Art religiösem Wahn befallen ist, und zwar ebenfalls deinetwegen. Solche Dinge greifen um sich wie eine Seuche. Man sollte eine Quarantäne einführen für gefährliche Ideen. Und dann habe ich noch eine Geschichte gehört . . .“

„Aber was kann ich dagegen tun?“ sagte der Engel. „Nimm einmal an, ich stifte ganz ohne Absicht Unheil . . .“

„Sie können das Dorf verlassen“, sagte Crump.

„Dann werde ich nur in ein anderes Dorf gehen.“

„Das ist nicht meine Sache“, sagte Crump. „Gehen Sie, wohin Sie wollen. Nur, gehen Sie. Lassen Sie diese drei Leute, den Vikar, Shine, das kleine Dienstmädchen, in deren Köpfen ganze Scharen von Engeln rumoren, in Ruhe . . .“

„Aber“, sagte der Engel. „Sich in deiner Welt behaupten! Ich sage dir, ich kann es nicht. Und laß Delia aus dem Spiel! Ich verstehe das alles nicht . . . Ich weiß nicht, wie ich es anfangen soll, Arbeit, Nahrung und Obdach zu bekommen. Und ich fürchte mich allmählich vor den Menschen . . .“

„Phantastereien, Phantastereien“, sagte Crump und beobachtete ihn, „Wahn.“

„Es hat keinen Sinn, Sie weiter zu quälen“, sagte

er plötzlich, „aber sicher ist die Situation, so wie sie jetzt ist, unmöglich." Er stand mit einem Ruck auf.

„Guten Morgen, Mr. – Engel", sagte er, „kurz und gut – ich sage das als medizinischer Betreuer dieser Gemeinde –, Sie sind ein ungesunder Einfluß. Wir können Sie nicht behalten. Sie müssen fort."

Er drehte sich um und schritt durch das Gras in Richtung Straßendamm und ließ den Engel tief betrübt auf dem Baumstumpf zurück. „Ein ungesunder Einfluß", sagte der Engel langsam, starrte mit leeren Augen vor sich hin und versuchte zu verstehen, was das bedeutete.

## 42

Sir John Gotch war ein kleiner Mann mit struppigem Haar und einer kleinen, dünnen Nase, die aus einem Gesicht stach, das von Falten zerfurcht war. Er trug enge, braune Gamaschen und hatte eine Reitgerte bei sich. „Ich bin gekommen, wie Sie sehen", sagte er, als Mrs. Hinijer die Tür schloß.

„Danke", sagte der Vikar, „ich bin Ihnen sehr verbunden. Ich bin Ihnen wirklich sehr zu Dank verpflichtet."

„Es freut mich, wenn ich Ihnen irgendeinen Dienst erweisen kann", sagte Sir John Gotch. (Steife Haltung.)

„Diese Sache", sagte der Vikar, „diese unglückselige Sache mit dem Stacheldraht – ist wirklich, wissen Sie, eine unglückselige Sache."

Sir John Gotch wurde sichtlich noch steifer. „Das kann man sagen", sagte er.

„Da dieser Mr. Engel mein Gast ist . . ."

„Kein Grund, meinen Draht zu zerreißen", sagte Sir John Gotch kurz und bündig.

„Überhaupt keiner."

„Darf ich fragen, wer dieser Mr. Engel ist?" fragte Sir John Gotch mit sorgfältig eingeplanter Schroffheit.

Die Finger des Vikars fuhren ans Kinn. Was hatte es für einen Sinn, mit einem Menschen wie Sir John Gotch über Engel zu sprechen?

„Um Ihnen die Wahrheit zu sagen", sagte der Vikar, „es gibt da ein kleines Geheimnis . . ."

„Lady Hammergallow sagte mir das schon."

Das Gesicht des Vikars färbte sich grellrot.

„Wissen Sie", sagte Sir John, fast ohne Unterbrechung, „daß er durch das Dorf ging und den Sozialismus predigte?"

„Großer Gott!" sagte der Vikar, „*nein!*"

„Doch. Er hat jeden Tölpel, der ihm über den Weg lief, festgehalten und gefragt, warum er arbeiten müsse, während wir – ich und Sie, Sie verstehen – nichts arbeiteten. Er hat gesagt, daß wir jeden Menschen auf das Bildungsniveau bringen sollten, auf dem Sie und ich stehen – ohne Unterschied, nehme ich an, wie immer. Er hat angedeutet, daß wir – ich und Sie, verstehen Sie – diese Leute unterdrückten – ihr Gehirn ausstopften."

„*Gütiger* Himmel!" sagte der Vikar. „Ich hatte keine Ahnung."

„Er hat diesen Draht zerrissen als eine Art Demonstration, das sage ich Ihnen, als eine sozialistische Demonstration. Wenn wir darauf nicht äußerst scharf regieren, dann sage ich Ihnen, werden als nächstes die Zaunpfähle in Flinders Lane umgeworfen werden, und das nächste werden in Flammen aufgehende Schober sein, und jedes verfluchte (Verzeihen Sie, Vikar. Ich weiß, ich verwende dieses Wort zu gern), jedes verdammte

Fasanenei in der ganzen Gemeinde wird zerschlagen sein. Ich kenne diese . . ."

„Ein Sozialist", sagte der Vikar, völlig außer Fassung. „Davon hatte ich *keine* Ahnung."

„Sie verstehen, weshalb ich beabsichtige, gegen unseren Gentleman Schritte zu unternehmen, obwohl er Ihr Gast ist. Mir scheint, er mißbraucht Ihre väterliche . . ."

„Oh, nicht *väterlich!*" sagte der Vikar. „Wirklich . . ."

„Entschuldigen Sie, Vikar – es war ein Ausrutscher. Er mißbrauchte Ihre Gefälligkeit, um überall Unheil zu stiften, Klasse gegen Klasse aufzuwiegeln, und die Armen gegen ihre Brotgeber."

Die Finger des Vikars waren wieder am Kinn.

„Es gibt also von den zwei Möglichkeiten für ihn nur die eine", sagte Sir John Gotch. „Entweder Ihr Gast verläßt die Gemeinde, oder – oder ich leite ein gerichtliches Verfahren ein. Das ist mein letztes Wort."

Der Mund des Vikars war verzogen.

„Das ist die Situation", sagte Sir John und sprang auf. „Wäre es nicht Ihretwegen, würde ich sofort gerichtliche Schritte unternehmen. So wie die Dinge liegen – soll ich etwa kein Verfahren einleiten?"

„Sehen Sie", sagte der Vikar, der sich in schrecklicher Verlegenheit befand.

„Nun?"

„Es müssen Vorkehrungen getroffen werden."

„Er ist ein unheilstiftender Faulpelz . . . Ich

kenne die Brut. Aber ich werde Ihnen eine Woche Zeit geben . . ."

„Danke", sagte der Vikar. „Ich verstehe Ihre Lage. Ich sehe ein, daß die Situation allmählich unerträglich wird . . ."

„Es tut mir natürlich leid, daß ich Ihnen diesen Ärger bereite", sagte Sir John.

„Eine Woche", sagte der Vikar.

„Eine Woche", sagte Sir John im Weggehen.

Der Vikar kam zurück, nachdem er Gotch hinausbegleitet hatte, und blieb lange vor dem Pult seines Arbeitszimmers in Gedanken versunken sitzen. „Eine Woche!" sagte er, nach schier endlosem Schweigen. „Da ist ein Engel, ein herrlicher Engel, der meine Seele Schönheit und Freude schauen läßt, der meine Augen öffnet für das Land der Wunder und etwas, das über das Land der Wunder hinausreicht . . ., und ich verspreche, daß ich ihn innerhalb einer Woche loswerde! Was hat es mit uns Menschen bloß auf sich . . .? Wie soll ich es ihm bloß sagen?"

Er begann, im Zimmer auf und ab zu gehen, dann ging er in das Speisezimmer und starrte mit leerem Blick hinaus auf das Kornfeld. Der Tisch war bereits für das Mittagessen gedeckt. Alsbald drehte er sich um, noch immer traumversunken, und schenkte sich fast mechanisch ein Glas Sherry ein.

## 43

Der Engel lag auf der höchsten Klippe über der Bandram-Bucht und starrte auf das glitzernde Meer hinaus. Direkt unter seinen Ellbogen fiel die Klippe steil ab, hundertfünfzig Meter bis zum Meeresspiegel, und die Meeresvögel flatterten und segelten unter dem Engel. Der obere Teil der Klippen bestand aus grünlichen Kreidefelsen, die unteren zwei Drittel waren von einem warmen Rot, marmoriert mit Gipsstreifen, und eine Vielzahl von Wasserfontänen spritzten auf, um in langen Kaskaden wieder hinunterzustürzen. Die Dünung schäumte weiß gegen die felsige Küste, und das Wasser, das von einem Felsvorsprung überschattet war, lag grün und purpurn in tausend Schattierungen da, und schäumende Gischt trieb in Flocken und Streifen darüberhin. Die Luft war erfüllt von Sonnenschein, dem Plätschern der kleinen Wasserfälle und dem gleichförmigen Rauschen des Meeres. Ab und zu flatterte ein Schmetterling über die Klippen, und eine Vielzahl von Meeresvögeln saß auf den Felsen und flog hierhin und dorthin.

Der Engel lag da, seine verkrüppelten, geschrumpften Flügel krümmten sich über dem Rücken, und beobachtete die Möwen und Dohlen und Saatkrähen, wie sie im Sonnenschein ihre Kreise zogen, dahinsegelten, herumflatterten, hinunterstürzten zum Wasser oder sich aufschwangen in das lichte Blau des Himmels. Lang lag der Engel da und beobachtete, wie sie mit ausgebreiteten Flügeln umhersegelten. Er beobachtete sie, und während er sie beobachtete, erinnerte er sich mit unendlicher Sehnsucht der Flüsse aus Sternenlicht und der Lieblichkeit des Landes, aus dem er gekommen war. Eine Möwe glitt über ihm dahin, rasch und leicht, und die weiten Flügel hoben sich weiß und hell vom Blau des Himmels ab. Und plötzlich verdüsterte sich der Blick des Engels, der Sonnenschein wich daraus, er dachte an seine eigenen verkrüppelten Schwingen, barg sein Gesicht im Arm und weinte.

Eine Frau, die über den Pfad des Klippengebietes ging, sah nur einen zusammengekauerten Buckligen, der die alten Kleider des Vikars von Siddermorton trug, sich an der Kante der Klippe idiotisch rekelte und seine Stirn auf den Arm gelegt hatte. Sie blickte immer wieder zu ihm hinauf. „Das dumme Geschöpf hat sich schlafen gelegt", sagte sie und ging, obwohl sie einen schweren Korb tragen mußte, zu ihm hin und wollte ihn aufwecken. Aber als sie näherkam, sah sie, wie seine Schultern bebten, und sie hörte sein Schluchzen.

Sie stand einen Augenblick lang ruhig da, und ihr Gesicht verzog sich zu einer Art Grinsen. Dann drehte sie sich leise um und ging zum Pfad zurück. „Ist so schwer, da irgendwas zu sagen", sagte sie.

„Armer, geplagter Kerl!"

Bald darauf hörte der Engel auf zu schluchzen und starrte mit tränenüberströmtem Gesicht hinunter auf die Bucht.

„Diese Welt", sagte er, „umklammert und erstickt mich. Meine Flügel schrumpfen ein und werden unbrauchbar. Bald werde ich nichts anderes als ein verkrüppelter Mensch sein, ich werde altern, dem Schmerz erliegen und sterben ... Mir ist so elend zumute. Und ich bin allein."

Dann stützte er sein Kinn auf die Hände, er lag noch immer an der Kante der Klippe und begann an Delias Gesicht zu denken, an das Licht in ihren Augen. Der Engel hatte das seltsame Verlangen, zu ihr zu gehen und ihr von seinen verkümmerten Flügeln zu erzählen. Er hatte das Verlangen, seine Arme um sie zu legen und dem Land nachzuweinen, das er verloren hatte. „Delia!" sagte er ganz sanft vor sich hin. Und in diesem Augenblick verdunkelte eine Wolke die Sonne.

Mrs. Hinijer überraschte den Vikar, als sie nach dem Tee an die Tür seines Arbeitszimmers klopfte. „Verzeihen Sie, Sir", sagte Mrs. Hinijer. „Aber dürfte ich es wagen, Sie einen Augenblick sprechen?"

„Gewiß, Mrs. Hinijer", sagte der Vikar, nicht ahnend, welcher Schlag folgen sollte. Er hielt einen Brief in der Hand, einen sehr seltsamen und unangenehmen Brief von seinem Bischof, einen Brief, der ihn ärgerte und ihm Sorgen bereitete, der mit energischen Kraftausdrücken die Gäste kritisierte, die er in seinem Haus zu bewirten pflegte. Nur der volkstümliche Bischof eines demokratischen Zeitalters, ein Bischof, der immer noch zur Hälfte Erzieher war, konnte einen derartigen Brief schreiben.

Mrs. Hinijer hüstelte hinter der vorgehaltenen Hand und kämpfte mit Atemschwierigkeiten. Der Vikar war besorgt. Gewöhnlich war er derjenige, der bei ihren Unterredungen am meisten aus der Fassung gebracht wurde. Dies war immer gegen Ende der Unterredung der Fall.

„Nun?" sagte er.

„Darf ich es wagen, Sir, zu fragen, wann Mr. Engel uns verlassen wird?" (Hüsteln)

Der Vikar sprang auf. „Sie fragen, wann Mr. Engel uns verläßt?" wiederholte er langsam, um Zeit zu gewinnen. „Noch jemand!"

„Es tut mir leid, Sir. Aber ich bin gewohnt, feine Leute zu bedienen, Sir; und Sie können sich ja nicht vorstellen, was es heißt, jemand wie ihn zu bedienen."

„Wie . . . ihn! Habe ich richtig verstanden, Mrs. Hinijer, daß Sie Mr. Engel nicht leiden können?"

„Sehen Sie, Sir, bevor ich zu Ihnen gekommen bin, Sir, bin ich siebzehn Jahre bei Lord Dundoller gewesen, und Sie, Sir – wenn Sie gestatten – sind selbst ein vollkommener Gentleman, Sir – obwohl Geistlicher. Und dann . . ."

„Ach, herrje!" sagte der Vikar. „Und Sie betrachten Mr. Engel nicht als Gentleman?"

„Es tut mir leid, das sagen zu müssen, Sir."

„Aber was . . .? Mein Gott! Sicher!"

„Es tut mir leid, das sagen zu müssen, Sir. Aber wenn 'ne Person plötzlich zum Vegetarier wird und das ganze Essen hinauswirft und kein eigenes Gepäck hat, das ihm gehört, und Hemden und Socken von seinem Gastgeber borgt und nichts Besseres zu tun hat als Erbsen mit dem Messer essen zu wollen (wie ich es mit eigenen Augen gesehen habe) und an merkwürdigen Orten die Dienstmädchen anspricht, seine Serviette nach dem Essen zusammenlegt, Hackfleisch mit den Fingern ißt und mitten in der Nacht Geige spielt und jeden am Einschlafen hindert und wenn ältere Leute als er die Treppe hinaufgehen, sie anstarrt und angrinst, und sich bei so viel Gelegenheiten danebenbenimmt, daß ich Ihnen gar nicht alle aufzählen kann, dann muß man so denken, Sir. Gedanken sind frei, Sir, und man kann nicht anders, als seine Schlüsse zu ziehen. Außerdem, im ganzen Dorf spricht man über ihn – teils über dies, teils über das. Ich erkenne einen Gentleman, wenn ich einen Gentleman sehe, und auch wenn ich keinen sehe, weiß ich, was ein Gentleman ist, und ich und Susan und George, wir haben drüber gesprochen, weil wir die höheren Dienstboten sind, sozusagen, und erfahren sind, und wir haben dafür gesorgt, daß Delia nicht dabei gewesen ist. Ich hoffe nur, daß er ihr nichts tut. Und verlassen Sie sich drauf, Sir, dieser Mr. Engel ist nicht, was Sie denken, daß er ist, Sir, und je früher er aus dem Haus ist, um so besser."

Mrs. Hinijer stoppte jäh und stand keuchend, aber ernst da, die Augen grimmig auf den Vikar gerichtet.

„*Wirklich*, Mrs. Hinijer!" sagte der Vikar und dann, „oh, *Gott!*"

„Was *habe* ich getan?" sagte der Vikar, sprang plötzlich auf und rief die unerbittlichen Parzen an. „Was habe ich getan?"

„Das kann niemand wissen", sagte Mrs. Hinijer. „Obwohl im Dorf eine ganze Menge geredet wurde."

„*Zum Teufel!*" sagte der Vikar, wandte sich ab und starrte aus dem Fenster. Dann drehte er sich um. „Hören Sie, Mrs. Hinijer! Mr. Engel wird dieses Haus im Laufe dieser Woche verlassen. Genügt das?"

„Vollkommen", sagte Mrs. Hinijer. „Und ich bin mir sicher, Sir . . ."

Der Blick des Vikars wies mit ungewohnter Beredtheit auf die Tür.

# 45

„Tatsache ist", sagte der Vikar, „daß dies hier keine Welt für Engel ist."

Die Jalousien waren nicht geschlossen worden, und die Welt draußen, die unter dem bedeckten Himmel noch im Dämmerlicht lag, schien unsagbar grau und kalt. Der Engel saß, in niedergeschlagenes Schweigen gehüllt, bei Tisch. Seine unumgängliche Abreise war angekündigt worden. Da seine Anwesenheit die Leute verletzte und den Vikar unglücklich machte, stimmte er der Entscheidung als gerechtfertigt zu, aber was mit ihm nach dem Fortgehen geschehen sollte, konnte er sich nicht vorstellen. Sicher etwas sehr Unangenehmes.

„Da ist die Violine", sagte der Vikar. „Nur, nach unseren Erfahrungen . . ."

„Ich muß Ihnen Kleider besorgen – eine entsprechende Ausrüstung. Du meine Güte, Sie haben keine Ahnung vom Zugfahren! Auch von Geld nicht und davon, wie man sich eine Unterkunft mietet. Restaurants. Ich muß wenigstens mitkommen und sehen, daß Sie untergebracht sind! Ihnen Arbeit verschaffen. Aber ein Engel in London! Der für seinen Lebensunterhalt arbeitet! Das graue, kalte Dickicht von Menschen! Was wird aus Ihnen werden? Wenn ich einen Freund auf der Welt hätte, der mir glauben würde!

„Ich sollte Sie nicht wegschicken . . ."

„Sorge dich nicht zu sehr um mich, mein Freund", sagte der Engel. „Wenigstens endet euer Leben. Und es gibt da einiges. Es gibt etwas in eurem Leben – Du sorgst dich um mich! Ich dachte, es gäbe in eurem Leben überhaupt nichts Schönes . . ."

„Und ich habe Sie verraten!" sagte der Vikar, und Gewissensbisse überkamen ihn plötzlich. „Warum habe ich ihnen allen nicht die Stirn geboten – und gesagt: ‚Das ist das Beste am Leben?' Was bedeuten schließlich all diese alltäglichen Kleinigkeiten?"

Er hielt plötzlich inne. „Was bedeuten sie?" sagte er.

„Ich bin in dein Leben getreten und habe dir nur Sorgen bereitet", sagte der Engel.

„Sagen Sie doch so etwas nicht", sagte der Vikar. „Sie sind in mein Leben getreten und haben mir die Augen geöffnet. Ich habe geträumt, geträumt. Das zu träumen war wichtig für mich und auch das andere. Zu träumen, daß dieses enge Gefängnis die Welt ist. Und der Traum schwebt mir noch immer vor Augen und ängstigt mich. Das ist alles. Sogar Ihre Abreise – Ist es nicht etwa nur ein Traum, daß Sie gehen müssen?"

Als er in dieser Nacht in seinem Bett lag, kam ihm der mystische Aspekt des Ganzen noch deutlicher zu Bewußtsein. Er lag wach und hatte die schrecklichsten Visionen, wie sein sanfter und verletzlicher Besucher durch die mitleidlose Welt irrte und ihm die grausamsten Mißgeschicke widerfuhren. Sein Gast war ganz sicher ein Engel. Er versuchte, alle Ereignisse der letzten acht Tage noch einmal an sich vorüberziehen zu lassen. Er dachte an den heißen Nachmittag, an den Schuß, den er aus lauter Überraschung abfeuerte, an die flatternden, schillernden Flügel, die schöne, in eine safrangelbe Robe gekleidete Gestalt auf dem Boden. Wie wunderbar ihm das alles vorgekommen war! Dann schweiften seine Gedanken über zu dem, was er über die andere Welt gehört hatte, zu den Träumen, die die Violine beschworen hatte, den verschwimmenden, unbestimmten, wunderbaren Städten des Landes der Engel. Er versuchte, sich die Umrisse der Gebäude ins Gedächtnis zurückzurufen, die Gestalt der Früchte an den Bäumen, das Aussehen der geflügelten Wesen, die seine Wege kreuzten. Die Bilder der Erinnerung wurden zur momentanen Wirklichkeit, wurden von Augenblick zu Augenblick lebendiger, während seine Sorgen immer mehr verblaßten; und so glitt der Vikar, sanft und still, aus seiner Welt der Sorgen und Verwirrungen in das Land der Träume.

Delia saß am offenen Fenster und hoffte, den Engel spielen zu hören. Aber in dieser Nacht sollte es kein Geigenspiel geben. Der Himmel war bedeckt, aber der Mond war dennoch sichtbar. Hoch oben trieb ein abgerissener Wolkenfetzen über den Himmel, und bald war der Mond ein verschwommener Lichtfleck, bald war er verdeckt, und bald schwebte er klar und hell und scharf gegen den nachtblauen Abgrund abgehoben dahin. Und bald darauf hörte sie, wie die Tür zum Garten geöffnet wurde und eine Gestalt in das blasse Mondlicht hinaustrat. Es war der Engel. Aber an Stelle des ausgebeulten Überziehers trug er wieder seine safrangelbe Robe. In dem schwachen Licht schimmerte dieses Gewand nur undeutlich, und die Flügel schienen bleigrau zu sein. Er fing an, einige Schritte zu laufen, schlug mit den Flügeln und hüpfte und ging zwischen den fließenden Lichtflek-ken und Schatten unter den Bäumen hin und her. Delia beobachtete ihn erstaunt. Er stieß einen verzagten Schrei aus und sprang höher. Seine geschrumpften Flügel leuchteten auf und sanken wieder herab. Ein dichterer Flecken im Wolken-schleier hüllte alles in Dunkelheit. Er schien eineinhalb oder zwei Meter vom Boden abzuspringen und plump herunterzufallen. Sie sah ihn in dem trüben Licht am Boden kauern, und dann hörte sie ihn schluchzen.

„Er ist verletzt!" sagte Delia, preßte ihre Lippen fest zusammen und starrte in die Finsternis. „Ich sollte ihm helfen."

Sie zögerte, dann stand sie auf und huschte schnell zur Tür, glitt leise die Stufen hinunter und hinaus in den Mondschein. Der Engel lag noch immer auf dem Rasen und schluchzte ganz erbärmlich.

„Oh, was ist los mit Ihnen?" sagte Delia, beugte sich über ihn und berührte schüchtern seinen Kopf.

Der Engel hörte auf zu schluchzen, setzte sich plötzlich auf und starrte sie an. Er sah ihr Gesicht, vom Mond beschienen, und ganz weich vor Mitleid. „Was ist los?" flüsterte sie. „Sind Sie verletzt?"

„Meine Flügel", sagte der Engel. „Ich kann meine Flügel nicht gebrauchen."

Delia verstand nicht, aber sie erkannte, daß es etwas Furchtbares war. „Es ist finster, es ist kalt", flüsterte der Engel; „ich kann meine Flügel nicht gebrauchen."

Es schmerzte sie unsagbar, die Tränen in seinem Gesicht zu sehen. Sie wußte nicht, was sie tun sollte.

„Bedauere mich, Delia", sagte der Engel und streckte ihr plötzlich seine Arme entgegen; „bedauere mich."

Instinktiv kniete sie nieder und nahm sein Gesicht in ihre Hände. „Ich weiß nicht", sagte sie; „aber es tut mir leid. Sie tun mir leid, aus ganzem Herzen."

Der Engel sagte kein Wort. Er blickte mit einem Ausdruck fassungslosen Staunens in ihr kleines Gesicht im hellen Mondschein. „Diese seltsame Welt!" sagte er.

Plötzlich zog sie ihre Hände zurück. Eine Wolke verdeckte den Mond. „Wie kann ich Ihnen helfen?" flüsterte sie. „Ich würde alles tun, um Ihnen zu helfen."

Er hielt sie in Armeslänge vor sich, während Verwirrung den Jammer in seinem Gesicht verdrängte. „Diese seltsame Welt!" wiederholte er.

Beide flüsterten, sie kniend, er sitzend, im zitternden Mondlicht und in der Finsternis des Rasens.

„Delia!" sagte Mrs. Hinijer, die sich plötzlich aus ihrem Fenster beugte; „Delia, bist du das?"

Beide sahen bestürzt zu ihr hoch.

„Komm sofort herein, Delia", sagte Mrs. Hinijer. „Wenn dieser Mr. Engel ein Gentleman wäre, was er aber nicht ist, würde er sich schämen. Und du als Waise auch!"

## 47

Am Morgen des nächsten Tages ging der Engel, nachdem er gefrühstückt hatte, hinaus in Richtung Moor, und Mrs. Hinijer hatte eine Unterredung mit dem Vikar. Was geschah, braucht uns jetzt nicht zu beschäftigen. Der Vikar war sichtlich aus der Fassung gebracht. „Er *muß* gehen", sagte er; „ganz sicher muß er gehen", und vergaß im allgemeinen Durcheinander sogleich die besondere Beschuldigung. Er verbrachte den Morgen mit angestrengtem Nachdenken, unterbrochen vom krampfhaften Studium der Preisliste von Skiff and Waterlow und des Kataloges der Warenhäuser für Mediziner, Schulen und Geistliche. Allmählich entstand auf einem Blatt Papier, das er vor sich auf dem Pult liegen hatte, eine Tabelle. Er schnitt ein Formular aus dem Teil aus, der der Schneiderbranche gewidmet war, in das man selbst seine Maße eintragen konnte, und heftete es an die Vorhänge des Arbeitszimmers. Und folgende Notizen entstanden:

„*1 Schwarzer Melton Überrock. Modelle?* £ *3, 10s.*

*? Hose. Zwei oder eine.*

*1 Cheviot Tweed Anzug (wegen Muster schreiben. Selbst Maß nehmen?)*"

Der Vikar verbrachte geraume Zeit damit, ein hübsches Sortiment von Herrenmodellen zu studieren. Sie sahen alle recht attraktiv aus, aber er konnte sich den Engel nur schwer in diesen Modellen vorstellen. Denn, obwohl sechs Tage vergangen waren, hatte der Engel noch immer keinen eigenen Anzug. Der Vikar hatte geschwankt zwischen dem Plan, den Engel nach Portburdock zum Maßnehmen für einen Anzug zu bringen und seinem unüberwindlichen Schauder vor dem schmeichlerischen Getue seines Schneiders. Er wußte, der Schneider würde eine ausführliche Erklärung verlangen. Außerdem wußte man nicht, wann der Engel weggehen würde. So waren die sechs Tage vergangen, und der Engel hatte sein Wissen über diese Welt ständig erweitert und verhüllte weiterhin seinen Glanz in dem Anzug, für den der Vikar seiner neueren Anschaffungen wegen keine Verwendung mehr hatte.

„1 *Weicher Filzhut, No. G. 7 (sagen wir), 8s 6d.*

1 *Seidenhut, 14s 6d. Hutschachtel?*"

(„Ich glaube, er sollte einen Seidenhut haben", sagte der Vikar; „er wird in dieser Gegend allgemein getragen. Fasson Nr. 3 scheint am besten zu seinem Typ zu passen. Aber es ist furchtbar, daran zu denken, daß er in dieser großen Stadt ganz allein umherirren wird. Alle werden ihn mißverstehen, und er wird seinerseits alle anderen mißverstehen. Wie auch immer, ich glaube, es *muß* sein. Wo war ich doch gleich stehengeblieben?")

„1 Zahnbürste. 1 Bürste und Kamm. Rasiermesser?

½ Dutzend Hemden (? seine Halsweite feststellen) á 6 s.

Socken? Unterhosen?

2 Schlafanzüge. Preis? Sagen wir 15 s.

1 Dutzend Krägen (‚The Life Guardsman‘), 8 s.

Hosenträger. Oxon Patent verstellbar, 1 s 11½ d.
Aber wie wird er sie anziehen können?" sagte
der Vikar.

1 Gummistempel, T. Engel, und Zeichentinte im
Kästchen komplett, 9 d."

(„Diese Wäscherinnen werden ihm sicher
alles stehlen.")

„1 Federmesser mit einer Klinge und mit Korkenzieher, sagen wir 1 s 6 d.

Notabene: – Manschettenknöpfe nicht vergessen,
Kragenknopf, &c."

(Der Vikar liebte dieses „&c.", es verlieh den
Dingen einen präzisen und kaufmännischen Charakter.)

„1 Ledernenen Handkoffer (vorher lieber besichtigen)."

Und so ging es weiter – auf ziellosen Wegen.
Der Vikar war damit bis zum Mittagessen beschäftigt, wenn ihm auch das Herz dabei wehtat.

Der Engel war bis zum Mittagessen nicht
zurück. Das war nicht besonders bemerkenswert –
er hatte schon einmal das Mittagessen verpaßt. Zog
man jedoch die kurze Zeit in Betracht, die ihnen
noch verblieb, hätte er zurücksein können. Doch

hatte er für sein Fernbleiben zweifellos gewichtige Gründe. Der Vikar bereitete nur ein kleines Essen zu. Am Nachmittag ruhte er sich in der gewohnten Weise aus und fügte der Liste der anzuschaffenden Dinge noch etwas hinzu. Er machte sich um den Engel keine Sorgen, bis es Zeit für den Tee war. Er wartete vielleicht eine halbe Stunde, bevor er mit dem Tee begann. „Seltsam", sagte der Vikar und fühlte sich, während er den Tee trank, noch einsamer.

Als allmählich Zeit für das Abendessen wurde und noch immer keine Spur vom Engel zu sehen war, kamen dem Vikar langsam quälende Gedanken. „Er wird sicher zum Abendessen kommen", sagte der Vikar und strich sich übers Kinn und begann wegen Kleinigkeiten hektisch durch das Haus zu laufen, wie das seine Gewohnheit war, wenn irgend etwas vorfiel, das den normalen Ablauf des Tages störte. Die Sonne ging in einem prächtigen Schauspiel mitten in purpurnen Wolkenbergen unter. Das Gold und Rot wich allmählich dem Dämmerlicht; der Abendstern sammelte seine Strahlenrobe aus der Helligkeit des westlichen Himmels. Eine Schnarre begann ihren surrenden Gesang und unterbrach damit das abendliche Schweigen, das sich langsam auf die Welt draußen senkte. Im Gesicht des Vikars zeigten sich Sorgenfalten; zweimal ging er hinaus und starrte auf den Berghang, der langsam in der Dunkelheit versank, und lief wieder beunruhigt zum Haus zurück. Mrs. Hinijer trug das Abendessen auf. „Ihr Abendessen ist fertig", verkündete sie zum zweiten Mal in vorwurfsvollem Ton. „Ja, ja", sagte der Vikar und hastete die Stiegen hinauf.

Er kam herunter, ging in sein Arbeitszimmer und zündete seine Leselampe an, ein patentiertes Ding mit einem weißglühendem Docht, und ließ das Streichholz in den Papierkorb fallen, ohne sich Zeit zu nehmen nachzusehen, ob es auch ausgelöscht war. Dann stürzte er ins Speisezimmer und startete einen planlosen Angriff auf das kaltwerdende Essen . . .

(Lieber Leser, die Zeit ist fast gekommen, um unserem kleinen Vikar Lebewohl zu sagen.)

Sir John Gotch, der noch immer unter der Stacheldrahtaffäre litt, ritt auf einem dieser grasbewachsenen Wege, die durch die Gehege entlang des Sidders führten, dahin, als er genau den Menschen sah, den er nicht sehen wollte, und zwar schlenderte dieser gerade durch das Wäldchen jenseits des Unterholzes.

„Der Teufel soll mich holen", sagte Sir John Gotch mit ungeheurem Nachdruck; „wenn das nicht dem Faß den Boden ausschlägt."

Er stellte sich in den Steigbügeln auf. „Hi!" rief er. „Du da!"

Der Engel drehte sich lächelnd um.

„Geh aus dem Wald heraus!" sagte Sir John Gotch.

*„Warum?"* sagte der Engel.

„Ich bin . . .", sagte Sir John Gotch und suchte nach einem vernichtenden Fluch. Aber es fiel ihm nichts Besseres ein als „Verflucht". „Geh aus diesem Wald heraus", sagte er.

Das Lächeln des Engels verschwand. „Warum sollte ich aus diesem Wald herausgehen?" sagte er und blieb stehen.

Ungefähr eine halbe Minute sagte keiner ein Wort, und dann schwang sich Sir John Gotch aus dem Sattel und stellte sich neben das Pferd.

(Jetzt müssen Sie sich daran erinnern – damit die engelhaften Gäste dadurch nicht in schlechten Ruf gebracht werden –, daß dieser Engel länger als eine Woche unsere vom Daseinskampf vergiftete Luft geatmet hatte. Darunter litten nicht nur seine Flügel und der Glanz seines Gesichtes. Er hatte gegessen und geschlafen und hatte seine Lektion in Sachen Schmerz gelernt – und hatte bereits eine große Strecke auf dem Weg zum Menschentum zurückgelegt. Während der ganzen Zeit seines Besuches war er auf immer mehr Rohheit und Streitsucht dieser Welt gestoßen und hatte dabei immer mehr an Verbundenheit mit der strahlenden Größe seiner eigenen Welt eingebüßt.)

„Du willst nicht herausgehen, he!" sagte Gotch und lenkte sein Pferd durch die Büsche auf den Engel zu. Der Engel stand mit angespannten Muskeln und vibrierenden Nerven da und ließ den näherkommenden Gegner nicht aus den Augen.

„Geh aus diesem Wald heraus", sagte Gotch und blieb drei Yards vor ihm stehen, sein Gesicht war weiß vor Zorn. In einer Hand hielt er die Zügel, in der anderen die Reitpeitsche.

Eine Woge seltsamer Gefühle durchströmte den Engel. „Wer bist du", sagte er mit leiser, zitternder Stimme; „wer bin ich – daß du mir befehlen könntest, diesen Ort zu verlassen? Was hat die Welt verbrochen, daß Leute wie du . . ."

„Du bist der Idiot, der meinen Stacheldraht zerrissen hat", sagte Gotch drohend, „wenn du es wissen willst!"

„*Deinen* Stacheldraht", sagte der Engel. „War das dein Stacheldraht? Bist du der Mann, der den Stacheldraht verlegt hat? Mit welchem Recht hast du . . ."

„Rede keinen sozialistischen Quatsch", sagte Gotch unter kurzen Atemzügen. „Dieser Wald gehört mir, und ich habe ein Recht, ihn zu schützen, so gut ich kann. Ich kenne Dreckskerle wie dich. Reden Quatsch und verursachen Unzufriedenheit. Und wenn du nicht schleunigst aus dem Wald herausgehst . . ."

„*Was dann!*" sagte der Engel berstend vor unvorstellbarer Kraft.

„Geh aus diesem verfluchten Wald heraus!" sagte Gotch und spielte aus lauter Schreck vor dem Aufblitzen in des Engels Gesicht den wilden Mann.

Er machte einen Schritt auf ihn zu, die Peitsche erhoben, und dann geschah etwas, was weder er noch der Engel genau verstanden. Der Engel schien in die Luft zu springen, ein Paar grauer Flügel breitete sich blitzartig vor dem Gutsbesitzer aus, er sah ein Gesicht auf sich herabblicken, voll der wilden Schönheit leidenschaftlichen Zorns. Die Reitpeitsche wurde ihm aus der Hand gerissen. Sein Pferd bäumte sich hinter ihm, stieß ihn um, entriß ihm die Zügel und galoppierte davon.

Die Peitsche zischte über sein Gesicht, als er zurückfiel, klatschte noch einmal auf sein Gesicht, als er sich auf dem Boden aufsetzte. Er erblickte den Engel, der glühend vor Zorn, gerade daranging, wieder zuzuschlagen. Gotch warf seine Hände empor, warf sich nach vorn, um seine Augen zu schützen, und wälzte sich unter dem unbarmherzigen Wirbel der Schläge, die auf ihn niederprasselten, am Boden.

„Du Scheusal", schrie der Engel und schlug hin, wo immer er einen ungeschützten Körperteil fand. „Du Bestie an Stolz und Lügen! Du hast die Seelen anderer Menschen verfinstert! Du unwissender Narr mit all deinen Pferden und Hunden! Daß du deinen Blick auf irgendein Lebewesen richtest! Merk dir das! Merk dir das! Merk dir das!"

Gotch begann, um Hilfe zu rufen. Zweimal versuchte er, auf die Beine zu kommen, er kam auf die Knie und stürzte unter der wilden Raserei des Engels wieder nach vorn. Bald darauf konnte man in seiner Kehle ein seltsames Geräusch hören, und er hörte auf, sich unter den Schlägen zu krümmen.

Dann erwachte der Engel plötzlich aus seinem Zorn und wurde sich seiner selbst bewußt, wie er dastand, keuchte und zitterte. Einen Fuß hatte er auf der regungslosen Gestalt. So stand er in der grünen Stille der sonnenbeschienenen Wälder.

Er blickte starr um sich, und dann sah er im dürren Laub zu seinen Füßen das blutbefleckte Haar. Die Peitsche entglitt seinen Händen, die Röte wich aus seinem Gesicht. „Schmerz!" sagte er. „Warum liegt er so regungslos?"

Er nahm seinen Fuß von Gotchs Schulter, beugte sich hinunter zu der hingestreckten Gestalt, horchte, kniete sich nieder – schüttelte ihn. „Wach auf!" sagte der Engel. Dann noch sanfter, *„Wach auf!"*

Er verweilte noch einige Minuten oder länger und horchte, stand dann rasch auf und blickte um sich auf die schweigenden Bäume. Tiefes Entsetzen kam über ihn, ergriff ihn ganz und gar. Mit einer jähen Geste drehte er sich um. „Was ist mit mir geschehen?" sagte er mit angsterfülltem Flüstern.

Er wich vor der regungslosen Gestalt zurück. *„Tot!"* sagte er plötzlich, wandte sich von Panik ergriffen um und stürzte durch den Wald davon.

Einige Minuten, nachdem sich die Schritte des Engels in der Ferne verloren hatten, stützte Gotch sich mit der Hand auf. „Bei Gott", sagte er, „Crump hat recht.

Am Kopf auch verletzt!"

Er griff mit der Hand ans Gesicht und spürte zwei Striemen, die quer über das Gesicht liefen. Sie schmerzten und waren angeschwollen. „Ich werde es mir zweimal überlegen, bevor ich meine Hand noch einmal gegen einen Irren erhebe", sagte Sir John Gotch.

„Es mag sein, daß sein Verstand schwach ist, aber der Teufel soll mich holen, wenn der keinen kräftigen Schlag hat. *Puh!* Er hat mir mit dieser höllischen Peitsche ein Stück vom oberen Teil des Ohres glatt abgetrennt.

Das Pferd, dieser Satansbraten, wird in der altbewährten Wildheit auf das Haus zugaloppieren. Meine kleine Madame wird vor Angst ihren Verstand verlieren. Und ich . . . ich werde erklären müssen, wie das alles geschehen ist. Während sie mich mit ihren Fragen bombardiert.

Ich hätte gute Lust, in diesem Gehege Selbstschußanlagen und Fußangeln aufzustellen. Verdammtes Gesetz!"

Aber der Engel, der dachte, Gotch sei tot, irrte, von Gewissensbissen und Furcht getrieben, durch das Dickicht und Unterholz entlang des Sidders. Sie können sich kaum vorstellen, wie erschrocken er war, angesichts dieses letzten und überwältigenden Beweises seines übergreifenden Menschentums. All die Schattenseiten, die Leidenschaft und der Schmerz des Lebens schienen sich auf ihn zu legen, unerbittlich, schienen ein Teil seiner selbst zu werden, und ihn an all das zu ketten, was er vor einer Woche noch an den Menschen seltsam und bemitleidenswert gefunden hatte.

„Das ist wahrlich keine Welt für einen Engel!" sagte der Engel. „Es ist eine Welt des Krieges, eine Welt des Schmerzes, eine Welt des Todes. Zorn erfüllt einen ... Ich, der ich Schmerz und Zorn nicht gekannt habe, stehe hier mit blutbefleckten Händen. Ich bin gefallen. In diese Welt zu kommen, heißt fallen. Man muß hungern und dürsten und von tausend Begierden gepeinigt werden. Man muß um einen Halt kämpfen, muß zornig sein, muß schlagen ..."

Er streckte seine Hände zum Himmel empor, die tiefe Bitterkeit hilflosen Schuldgefühls im Gesicht, und ließ sie dann mit einer verzweifelten Geste wieder fallen. Die Gefängnismauern dieses engen, von Leidenschaft beherrschten Lebens schienen langsam über ihn hereinzubrechen, unabwendbar und unausweichlich, um ihn bald völlig zu erdrükken. Er fühlte das, was wir armen Sterblichen alle früher oder später fühlen müssen – das erbarmungslose Gesetz der Notwendigkeit, nicht nur um uns, sondern (und hier beginnt das eigentliche Problem) auch in uns, das all unser hohes Streben vereitelt und uns immer wieder unweigerlich zwingt, unsern besten Teil zu verleugnen. Aber bei uns ist es ein allmählicher Abstieg, der in unmerklichen Schritten über eine lange Spanne von Jahren vorsichgeht; bei ihm war es die furchtbare Entdekkung innerhalb einer kurzen Woche. Er empfand, daß er verkrüppelt worden war, gefangen, geblendet, betäubt in den Fesseln dieses Lebens, er empfand, was ein Mensch empfinden würde, der irgendein schreckliches Gift eingenommen hat und dann spürt, wie sich die Zerstörung in ihm ausbreitet.

Er schenkte weder dem Hunger noch der Müdigkeit noch dem Verstreichen der Zeit Beachtung. Immer weiter ging er, mied Häuser und Wege, wandte sich beim Anblick und Geräusch eines Menschen ab und haderte stumm und verzweifelt mit dem Schicksal. Seine Gedanken wirbelten nicht durcheinander, sondern waren wie gebannt, waren ein einziger stummer Protest gegen seinen Niedergang. Der Zufall lenkte seine Schritte heimwärts, und schließlich, nach Einbruch der Nacht, fand er sich, schwach, müde, unglücklich, über das Moor dahinstolpernd, an der Rückseite Siddermortons wieder. Er hörte die Ratten auf der Heide hin- und herlaufen und pfeifen, und einmal flog ein großer Vogel geräuschlos durch die Finsternis und verschwand wieder. Und er sah ein mattes, rotes Glühen am Himmel vor sich, ohne es zu beachten.

## 51

Aber als er über die Kante des Moors kam,
tauchte vor ihm plötzlich ein flackerndes Licht auf,
das nicht zu übersehen war. Er ging den Hang
weiter hinunter und sah rasch deutlicher, was das
grelle Licht war. Der Lichtschein rührte von
emporschießenden und flackernden Flammenzun-
gen her, die, golden und rot, aus den Fenstern und
einem Loch im Dach des Pfarrhauses herausloder-
ten. Eine Traube schwarzer Köpfe, tatsächlich war
es das ganze Dorf, außer der Feuerwehr, die
drunten in Aylmer's Cottage war und versuchte,
den Schlüssel für das Zeughaus zu finden, hob sich
silhouettenhaft gegen das Flammenmeer ab. Es gab
ein donnerndes Geräusch, ein Stimmengewirr und
bald darauf einen wütenden Schrei. Jemand rief
„Nein! Nein!" – „Komm zurück!" und dann
folgte ein unverständliches Brüllen.

Er begann, auf das brennende Haus zuzulaufen.
Er stolperte und wäre beinahe gefallen, aber er lief
weiter. Er stieß auf dunkle Gestalten, die herumlie-
fen. Das flackernde Feuer schlug wild bald hierhin,
bald dorthin, und er roch den Brandgeruch.

„Sie ist hineingegangen", sagte eine Stimme,
„sie ist hineingegangen."

„Das verrückte Mädchen!" sagte ein anderer.

„Geht zurück! Geht zurück!" riefen wieder andere.

Ehe er sich versah, drängte er sich durch eine aufgeregte, wogende Menge. Alle starrten auf die Flammen, und der rote Widerschein spiegelt sich in ihren Augen.

„Zurück!" schrie ein Arbeiter und packte ihn.

„Was ist los?" sagte der Engel. „Was bedeutet das?"

„Da ist ein Mädchen im Haus drinnen, und sie kann nicht heraus!"

„Ging hinein, um eine Geige zu holen", sagte ein anderer.

„Ist hoffnungslos", hörte er einen anderen sagen.

„Ich bin in ihrer Nähe gewesen. Hab' sie gehört. Sagt sie: ‚Ich *kann* seine Geige holen.' Hab' sie gehört – Das hat sie gesagt! ‚Ich *kann* seine Geige holen.'"

Einen Augenblick stand der Engel da und starrte vor sich hin. Mit einem Mal fiel es ihm wie Schuppen von den Augen, er sah diese grimmige nichtige Welt des Kampfes und der Grausamkeit in einem Glanz, der den des Landes der Engel überstrahlte, plötzlich war sie blendend schön und unfaßbar herrlich im wunderbaren Lichterschein der Liebe und Selbstaufopferung. Er stieß einen wilden Schrei aus und bevor ihn irgend jemand halten konnte, lief er auf das brennende Haus zu. Man konnte Rufe hören wie „Der Bucklige! Der Vogelmensch!"

Der Vikar, dessen Hand, die Brandwunden aufwies, gerade verbunden wurde, wandte den Kopf, und er und Crump sahen den Engel, einen schwarzen Schatten vor dem wilden, roten Schein des Eingangs. Es war der Eindruck eines Sekundenbruchteils, dennoch hätten beide Männer diesen flüchtigen Anblick nicht lebendiger in ihrer Erinnerung behalten können, wäre es ein Bild gewesen, das sie stundenlang betrachten hätten können. Dann wurde der Engel durch etwas Schweres (niemand wußte, was es war), das quer vor die Tür fiel und weiß glühte, ihren Blicken entzogen.

Man hörte ihn „Delia" rufen, und dann rührte sich nichts mehr. Aber plötzlich schossen die Flammen in einer blendenden Garbe heraus, die ungeheuer hoch emporloderte. Es war ein blendender Glanz, der von Tausenden flackernden Strahlen durchbrochen war, wie von blitzenden Schwertern. Und ein Gestöber von Funken, die in tausend Farben gleißten, wirbelte hoch und verschwand. Genau zu diesem Zeitpunkt und nur einen Augenblick lang mischte sich, durch irgendeinen seltsamen Zufall, brausende Musik, die schwellenden Orgelklängen glich, in das Tosen der Flammen.

Alle Dorfbewohner, die in schwarzen Haufen beisammenstanden, hörten den Klang, außer Gaffer Siddons, der taub ist – seltsam und schön war er, und dann war er wieder verklungen. Lumpy Durgan, der schwachsinnige Junge aus Sidderford, sagte, er hätte geendet, als sei ein Tor geöffnet und geschlossen worden.

Aber die kleine Hetty Penzance hatte eine wundervolle Vision von zwei Gestalten mit Flügeln, die plötzlich auftauchten und in den Flammen verschwanden.

(Und bald darauf begann sie, sich nach den Dingen, die sie in ihren Träumen gesehen hatte, zu verzehren, und wurde geistesabwesend und sonderbar. Ihre Mutter kränkte sich damals sehr. Sie wurde durchscheinend zart, als sieche sie langsam dahin, und ein seltsamer, entrückter Ausdruck trat in ihre Augen. Sie sprach von Engeln und Regenbogenfarben und goldenen Flügeln und summte ständig eine unzusammenhängende Melodie, die niemand kannte. Bis Crump sich ihrer annahm, und sie mit einer nährstoffreichen Diät, Hypophosphitsirup und Lebertran heilte.)

# NACHWORT

Und hier endet meine Erzählung vom Besuch des Engels in Siddermorton. Das Nachwort folgt den Berichten von Mrs. Mendham. Am Friedhof von Siddermorton stehen nahe beieinander zwei kleine, weiße Kreuze, dort, wo die Brombeersträucher über die Steinmauer wuchern. Auf dem einen steht Thomas Engel geschrieben und auf dem anderen Delia Hardy, und das Sterbedatum ist dasselbe. In Wirklichkeit liegt außer der Asche des ausgestopften Straußes des Vikars nichts darunter. (Sie werden sich erinnern, daß der Vikar ornithologische Interessen hatte.) Ich bemerkte sie, als Mrs. Mendham mir das De la Beche Denkmal zeigte. (Mendham ist seit dem Tod Hillyers Vikar.) „Der Granit kommt von irgendwo aus Schottland", sagte Mrs. Mendham, „und hat eine ganze Menge gekostet – ich habe vergessen wieviel – aber ziemlich viel! Das ganze Dorf spricht davon."

„Mutter", sagte Cissie Mendham, „du steigst auf ein Grab."

„Du meine Güte!" sagte Mrs. Mendham, „wie unachtsam von mir! Und auch noch das Grab des Krüppels. Aber im Ernst, Sie können sich keine Vorstellung machen, wieviel das Denkmal sie gekostet hat."

„Diese zwei Leute, nebenbei bemerkt", sagte Mrs. Mendham, „sind ums Leben gekommen, als das alte Pfarrhaus niedergebrannt ist. Es ist eine ziemlich merkwürdige Geschichte. Er war ein komischer Kerl, ein buckliger Geiger, der weiß Gott woher kam, und der den seligen Vikar in geradezu beängstigender Weise beeindruckte. Nach dem Gehör spielte er richtig prahlerisch, und im Nachhinein haben wir dann herausgefunden, daß er keine Noten lesen konnte – nicht eine einzige. Er wurde vor einer ganzen Menge Leute bloßgestellt. Unter anderem scheint er mit einer der Dienstboten ‚etwas gehabt zu haben', wie die Leute zu sagen pflegen, mit einer verschlagenen, kleinen Schlampe... Aber es ist besser, Mendham erzählt Ihnen das alles. Der Mann war einfältig und verkrüppelt. Es ist seltsam, welchen Geschmack Mädchen haben."

Sie schaute Cissie streng an, und Cissie wurde bis über die Ohren rot.

„Man hatte sie im Haus zurückgelassen, und er stürzte in die Flammen und versuchte, sie zu retten. Recht romantisch – nicht wahr? Er war recht geschickt im Geigenspiel, wenn man bedenkt, daß er ja keine Ausbildung dafür hatte.

Alle ausgestopften Tiere des armen Vikars verbrannten auf einmal. Es war beinahe sein ganzer Lebensinhalt. Er kam über diesen Schlag nie ganz hinweg. Er wohnte dann bei uns – denn es war im Dorf kein anderes Haus zu bekommen. Er schien nie glücklich zu sein. Er wirkte völlig gebrochen.

Ich habe nie einen Mann so verändert gesehen. Ich versuchte, ihn aufzumuntern, aber es war sinnlos – völlig zwecklos. Er hatte die seltsamsten Wahnvorstellungen über Engel und Ähnliches. Es war manchmal recht eigenartig, in seiner Gesellschaft zu sein. Er pflegte zu sagen, daß er Musik höre, und starrte dann stundenlang recht stumpfsinnig ins Leere. Er wurde in bezug auf seine Kleidung recht nachlässig ... Er starb innerhalb eines Jahres nach dem Brand."